Cada dia,
cada hora

Nataša Dragnić

Cada dia, cada hora

Tradução de
KRISTINA MICHAHELLES

1ª edição

EDITORA RECORD
RIO DE JANEIRO • SÃO PAULO
2012

CIP-BRASIL. CATALOGAÇÃO NA FONTE
SINDICATO NACIONAL DOS EDITORES DE LIVROS, RJ

D795c   Dragnić, Nataša, 1965-
    Cada dia, cada hora / Nataša Dragnić; tradução de Kristina
Michahelles. – Rio de Janeiro: Record, 2012.

   Tradução de: Jeden Tag, jede Stunde
   ISBN 978-85-01-09519-0

   1. Romance croata. I. Michahelles, Kristina. II. Título.

                             CDD: 891.823
12-4674   CDU: 821.163.42-3

TÍTULO ORIGINAL EM ALEMÃO:
Jeden Tag, jede Stunde

Copyright © 2011 by Deutsche Verlags-Anstalt,
uma divisão da Verlagsgruppe Random House GmbH, Munique, Alemanha.

Trechos de *Cien sonetos de amor* e *Los versos del capitán*, de Pablo Neruda ©
Fundación Pablo Neruda, 2012. Reproduzidos mediante acordo com Agencia
Literaria Balcells S.A.
Copyright da tradução de *Os versos do capitão*, por Thiago de Mello © Editora
Bertrand Brasil Ltda., 2010.

Texto revisado segundo o novo Acordo Ortográfico da Língua Portuguesa.

Todos os direitos reservados. Proibida a reprodução, no todo ou em parte,
através de quaisquer meios. Os direitos morais da autora foram assegurados.

Direitos exclusivos de publicação em língua portuguesa somente para o Brasil
adquiridos pela
EDITORA RECORD LTDA.
Rua Argentina, 171 – Rio de Janeiro, RJ – 20921-380 – Tel.: 2585-2000,
que se reserva a propriedade literária desta tradução.

Impresso no Brasil

ISBN 978-85-01-09519-0

Seja um leitor preferencial Record.
Cadastre-se e receba informações sobre nossos
lançamentos e nossas promoções.

EDITORA AFILIADA

Atendimento e venda direta ao leitor:
mdireto@record.com.br ou (21) 2585-2002.

para B.

— Mal consigo acreditar.

— No quê?

— Que eu esteja aqui.

— Por quê?

— Depois de tantos anos.

— É bom.

— É como voltar a dormir na própria cama depois de uma longa viagem.

— Eu sei.

— É como redescobrir um sabor da infância.

— Um pirulito redondo branco.

— Com uma figura no meio.

— E uma faixa colorida.

Uma enxurrada de recordações. Um pequeno quarto de hotel no calor do verão. Pinheiros que oferecem sua sombra salvadora. Luz em excesso. Quando se tem segredos. Quando não se quer ser incomodado. Quando a presença de qualquer outra pessoa é um fardo. Quando se consegue lidar melhor na penumbra. Quando se consegue tocar qualquer canto do quarto a partir da cama.

— Aqui as coisas quase não mudaram.

— Você acha?

— Ainda lembro tudo de você, de como você era.

— Mas sem cabelos grisalhos e bengala.

— Como está indo?

— Os pesadelos já são mais raros.

— Bom assim.

— Sim.

— Por que está sorrindo?

— Lembrei de você, de como você era.

Uma bela jovem. Na recepção. Vestido azul-escuro colado ao corpo. Sandálias brancas sem salto. Duas malas grandes. Uma bolsa branca. Dedos cheios de anéis. Cabelos cacheados compridos. Um ar brincalhão nos olhos. Ela tenta afastá-lo. Brincos azuis e brancos. Rosto alongado. Lábios carnudos. Nariz largo. Olhos grandes e escuros. Mãos impacientes. Um relógio de pulso elegante.

— Esqueci do meu trabalho.

— Quando?

— Quando você entrou no saguão.

— Quando?

— Aquela vez... Lembra?

— Não preciso me lembrar.

— Ver você é como...

— ... como um sonho.

— ... Natal.

— E Páscoa.

— E aniversário.

— E o começo da primavera.

— Tudo junto.

Seus corpos, grudados. Suados. Cansados. Famintos. Uma fome jamais saciada. Felizes. Nos lençóis molhados. A mão sobre a barriga. A unha enfiada no braço. A boca no peito. A perna em volta da coxa. Seus olhos verdes.

— Você pensou em mim?

Quantas vezes, amor, amei-te sem te ver e cega era a minha lembrança. Sem conhecer o teu olhar, sem fitar-te.

— Quase esqueci...

— O quê?

— Neruda.

— Eu imaginei.

— O quê?

— A vida com você.

— ...

— Para sempre.

— Então?

— Era cheia de milagres.

O minúsculo quarto de hotel. Como um mundo inteiro. Como uma vida inteira. Sem limites. Sem fim. Infinito. Como as profundezas dos oceanos. Inexplorado. Misterioso. Amedrontador. Irresistível. Fascinante. Como a quantidade de estrelas. Desconhecida. Misteriosa. Indestrutível. Imortal.

— Como vai a sua filha?

— São duas.

— Parabéns.

— Obrigado.

— Eu é que agradeço.

— Por quê?

— Por nada.

— Por quê?

— Esqueça.

— Não quero esquecer.

— Bem, se preferir...

— Você tem filhos?

— Um filho.

— De que idade?

— Dezessete.

— Dezessete?

— Sim.

— Eu me pergunto se...

— O quê?

— Um filho, então?

— Sim.

— Eu...

... amo só a ti e sempre a ti por toda a minha vida tu és o ar que respiro a batida do meu coração és infinita dentro de mim és o mar que vejo colocaste na minha rede os peixes que pego tu és o meu dia e a minha noite e o asfalto sob os meus sapatos e a gravata no meu pescoço e a pele no meu corpo e os ossos sob a minha pele e o meu barco e minha refeição e o meu vinho e os meus amigos e o café matinal e a mulher no meu coração e minha mulher minha mulher minha mulher...

— Vou embora agora.

— Não, por favor.

— Por que não?

— Não pode.

— O quê?

— Chegar e ir embora.

— Não tenho escolha.

— Sempre há uma escolha.

— É logo você quem diz.

— Fui fraco.

— Sim, você foi fraco.

— Nunca consegui superar.

— Azar o seu.

— Nunca deixei de te amar.

— Acredito.

— Quero que você fique.

— Tarde demais.

— *Quem jamais amou como nós?*

Era uma vez um pequeno hotel à beira-mar que os pinheiros protegiam dos ventos gelados do norte. Até no inverno, o muro ao sul tinha aquele gosto de sal e calor. Grandes janelas e portas de varandas refletiam as ondas. O mar, como um céu estrelado noturno, abraçava a pequena praia de cascalho diante do hotel. Onde tudo começou. Se ainda não estiverem mortos, ainda moram lá. Onde tudo deveria terminar.

— Olhe as nuvens!

— Lembra?

— E você?

1

Luka enxerga o mundo pela primeira vez com um gritinho baixo e tímido e emudece ao sentir a água na sua pele. É o ano de 1959, em Makarska, uma pequena e tranquila cidade portuária na Croácia. A parteira Anka, que também é vizinha da família e que, portanto, não levou muito tempo para responder aos gritos de pânico do futuro pai, checa três vezes se a criança é totalmente saudável e pensa: que criança estranha. Ela meneia levemente a cabeça. O que será que vai acontecer com ele, tão quieto e pensativo, como se tivesse 80 anos e já conhecesse o mundo? No entanto, ainda é cego como um gatinho.

Exausta, a mãe de Luka pergunta, preocupada, se está tudo bem com o bebê, pois ele não está mais chorando. A parteira tenta se acalmar enquanto responde a Antica, a mãe — com a qual já dividiu muitos litros de café turco forte —, que tudo está na mais perfeita ordem, e agora ela precisa se recuperar e dormir e guardar forças para depois, para seu pequeno filho, um rapagão que, com certeza, vai se tornar famoso. A mãe quer vê-lo. Quer segurá-lo.

— Seu nome é Luka — diz, orgulhosa e um pouco tímida.

A parteira já sabe e balança a cabeça, sim, dá para ver que é um verdadeiro Luka, e coloca o menino mudo, cujos olhos estão bem abertos, como se fossem a única janela para o mundo, nos braços da mãe. Um gatinho cego, pensa novamente. No mesmo instante, ambos adormecem, mãe e filho. É um dia quente de novembro. Sem vento, feliz. Um inverno que ainda não é inverno.

Luka tem 3 anos. Seu pai, Zoran, o leva pela primeira vez para a pescaria. Ele tem um barquinho que Luka chama de seu. Então,

Zoran sempre sorri e pisca o olho para a mãe do menino. Ela também sorri. O pai segura a mão de Luka e eles vão até o porto. Com a mão direita, Luka agarra o pai. Na mão esquerda, leva uma bolsinha com um monte de lápis de cor e um bloco de pintura. Luka adora desenhar e pintar. Não sai para canto algum sem aquela bolsa. Hoje, antes de tudo, ele quer pescar. Mas também quer desenhar. No caminho, passam por muita gente. Na praça Kačić, todos os cumprimentam, todos os conhecem e sorriem para Luka e lhe perguntam sobre seus planos. De tão orgulhoso, Luka mal consegue falar. "Pescar", diz, um pouco alto demais, escondendo a bolsa atrás das costas. As pessoas riem. Alguns fingem surpresa, afinal, isso ainda é proibido para um menino tão pequeno. Luka oscila entre o medo de que possam proibir o programa da pescaria e a indignação com o fato de que alguém ouse duvidar da decisão do pai. Mas este apenas faz uma cara séria e aperta a mão suada de Luka. Tudo bem, não há motivos para se preocupar. Seguem em frente. Continuam andando, beirando a Riva, onde Luka se aproxima do mar e olha para a água. Cumprimenta cada peixe com um gritinho baixo. E assim vão andando até o barco. Não é um caminho longo para o pai, mas para um menino de 3 anos é uma longa excursão. Já sente a mão esquerda. A bolsa pesa. Tantos lápis!

O barco está calmo entre outros barquinhos, todos pequenos. MA38 — o nome em cor vermelha. Quase todos os barcos são brancos com uma fina linha azul à volta do casco. Ou então inteiramente brancos. Luka consegue identificar o barco do pai. Já esteve milhares de vezes naquele barco. Talvez até mais que isso. Mas nunca saiu para pescar. Luka ama o mar e o barco acima de tudo. "Quando crescer, quero ser marinheiro", diz ele. Ou pescador. O pai entra na embarcação com agilidade. Levanta Luka bem alto e o coloca a seu lado. O barco não é grande, mas tem uma pequena cabine. Luka senta. Assiste ao pai manobrando habilmente o barco para sair do porto. Quando crescer, Luka será igual ao pai. Eles rumam em direção ao mar aberto. Passam por entre as penínsulas Sv. Petar e Osejava. A distância, ele ainda avista as pedras que restaram da capela Sv. Petar. O terremoto foi tão terrível, a casa inteira tremendo e a mãe chorando e o pai levando todos para o porão, demorou mais do que qualquer outra coisa que Luka conheça. Ele sentiu medo, muito medo, mas nada aconteceu, só seus bichos de pelúcia ficaram bagunçados, papai resolveu tudo. O pai desliga o motor. O barco flutua n'água.

— Como se chama aquela ilha? — pergunta Zoran. Luka gosta desse jogo. E é bom nisso.

— Brač — diz ele. Sua voz treme, embora esteja seguro.

— Sim, e mais atrás?

— Far — responde Luka, rápido. O pai sorri.

— Sim, quase. Ela se chama Hvar. Mas é uma palavra difícil, às vezes nem eu consigo pronunciá-la.

Luka fica pensativo, espera não ter estragado nada. O pai pega a vara de pescar. Está tudo bem. O menino está tão empolgado que fica engolindo a saliva. Encostado no barco, procura peixes. Chama-os, diz que devem se apressar, ficar prontos. Mergulha a mãozinha no mar.

— Aqui, aqui peixinhos — cochicha.

Em seguida, ergue o olhar e encontra os olhos do pai. Hoje é o melhor dia da minha vida, pensa Luka, fechando os olhos. Habitantes marinhos mordiscam seus dedos.

Enquanto Luka desafia os peixes no mar, Dora enxerga o mundo com um grito tão agudo que a parteira Anka ri. É 1962, na sala de partos do hospital do convento franciscano.

— Que menina, forte e enérgica — diz Anka.

A mãe, Helena, está exausta, não consegue dizer nada. Nem sorrir. Só consegue ficar aliviada, finalmente tudo passou. Finalmente. É o primeiro e o último filho, pensa. Fecha os olhos e adormece. A resistência barulhenta de Dora não a incomoda. A parteira admira a força daquele ser minúsculo. Olha para a menina com afeto. Passa a mão na sua cabecinha e no corpinho que treme. A parteira é velha, se bem que, comparado àquele ser, todos são velhos. Ela tem muita experiência. Ajudou a trazer incontáveis crianças ao mundo. Viu todas elas. Mas essa menina... Gritando sem cansar, ela entra no seu coração. Sem errar o caminho. Sem desvios. A parteira sente as lágrimas brotando. Não tem filhos. Jamais se casou. Seu noivo morreu na guerra. Fuzilado pelos italianos. Depois, nunca mais houve homem para ela. Era assim, naquele tempo. E agora, desde o grande terremoto de janeiro, em que havia restado apenas a parede do lado oeste de sua casinha, ela precisa dividir o espaço com a irmã mais nova e aguentar o cunhado que bebe muito e gosta de fazer piadas sobre quem mora só. Piadas cruéis, ignóbeis. Ela curva o indicador e toca a pequena boca redonda da menina com o nó do dedo. Surpresa, distraída, ela emudece, e seus olhinhos quase cegos encontram os da parteira e os encaram. Seu nome será Dora, mas isso já se sabe.

Dora tem 2 anos e é uma menina agitada. Sua mãe diz que é selvagem. Dora não entende o que é isso, mas nem liga, pois sua mãe diz aquilo sorrindo. E seu pai a coloca nos ombros e anda com ela como se fosse seu cavalinho.

— Dora ri e a cidade inteira estremece — diz a mãe.

Aos 2 anos, Dora já fala mais do que qualquer outra criança. Como se já tivesse 5 anos.

— E ela entende tudo — diz sua mãe, orgulhosa.

Dora é insaciável. Precisa tocar em tudo, ver tudo, correr para todos os lados. Na rua, na Kalalarga, na Riva, no passeio à beira-mar ou na praça Kačić, ela fala com qualquer pessoa que passa, e essa pessoa, esquecendo a pressa, para, sorri, ainda que insegura ou surpresa, cumprimenta-a ou responde. Dora anda com segurança, jamais cai, mas tampouco corre, apenas anda rapidamente. Seus passos são compridos, é estranho, às vezes é até engraçado observá-la. Ela também não quer pular. Desce do muro com um passo no vazio.

— Você tem medo? — pergunta a mãe.

Dora se esquiva do seu olhar e não responde. Nem pula.

Luka tem 5 anos quando ganha uma irmãzinha. Ela se chama Ana, é minúscula, chora muito e sua mãe mal consegue se manter de pé. Seu pai trabalha mais do que nunca, Luka o vê cada vez mais raramente e pinta muito. Por toda a casa há desenhos seus pendurados. Agora ele vai ao jardim de infância, embora sua mãe não trabalhe, e as outras crianças muitas vezes o tratam mal. Por isso ele vai ao banheiro para chorar e desenhar, onde ninguém o vê, nem mesmo tia Vera, que cuida de todas as crianças, mas que gosta dele de modo especial. Muitas vezes, passa a mão no seu cabelo, sorri para ele afetuosamente e pisca o olho, lendo frequentemente suas histórias preferidas, até quando as outras crianças reclamam que a história não tem mais graça e que já a conhecem de cor. Luka adoraria passar o dia inteiro no jardim de infância e não voltar mais para casa, onde sua irmãzinha boba chora, mamãe está cansada, papai nem está lá e ele sempre tem vontade de chorar, mesmo quando tenta disfarçar e ninguém vê. Ele se sente infeliz e quer que tudo volte a ser como antes, quando o pai ainda o levava para pescar e eles saíam bem longe de barco e ele podia pegar peixes e desenhá-los e seu pai lhe fazia perguntas divertidas e às vezes difíceis, como, por exemplo: se uma vaca branca dá leite branco, que tipo de leite sai de uma vaca preta?, o que, naturalmente, não é uma pergunta simples, mas ele sabia todas as respostas. E às vezes ficavam até depois do pôr do sol, e sempre, sempre, se divertia muito.

*

Dora entende. Sua mãe fala lenta e nitidamente e está triste, e Dora entende. Mas Dora não está aborrecida com o fato de, agora, com apenas 2 anos, ter que frequentar o jardim de infância, pois a mamãe precisa voltar a trabalhar e Dora não tem avós por perto que possam tomar conta dela. Os avós moram muito, muito longe. Dora já os visitou várias vezes, numa cidade grande.

— É a capital, simplesmente a capital — diz a mamãe, e o papai se aborrece e a corrige, dizendo que a capital é Belgrado, que Zagreb é apenas uma cidade grande. O presidente mora em Belgrado. Mamãe murmura alguma coisa. Dora percebe que ela não está feliz. Não por causa do presidente, todos gostam dele, que vive rodeado por crianças e flores, mas a mamãe não está feliz com a cidade na qual ele vive. Por isso, quando está a sós com a mamãe, Dora diz: vamos visitar vovô e vovó na capital. E a mamãe sorri, mas olha para os lados rapidamente. Zagreb. É longo o caminho até lá de carro. Tão longo que Dora cochilou várias vezes. Ela se lembra de tudo. Sua cabeça está cheia de imagens que falam e têm cheiros, às vezes até sabores. E não consegue expressar tudo com palavras.

— Que memória tem esta menina! — exclama a mãe, que mal consegue acreditar.

— De elefante — acrescenta o pai, admirado.

"Que criança estranha", pensam alguns, sem dizer nada. Dora nem pensa muito. Às vezes, passa horas se contemplando no espelho — o seu rosto, que se transforma tão rapidamente, como se fossem centenas de rostos diferentes. Ela gosta disso. É assim. E fica feliz ao imaginar as crianças no jardim de infância que ela nunca viu. Os brinquedos idem. Ela não tem medo.

— Para Dora, a vida inteira é uma aventura. — Vive repetindo a mãe, erguendo a sobrancelha, o que faz a menina rir. E papai lê o jornal.

*

Luka vê a menina que acabou de entrar. Seus cabelos negros, longos e ondulados. Como as escamas de um peixe. A menina é pequena, magra, rápida e mais nova do que todas as outras crianças do jardim, e ele não consegue desviar os olhos dela. A mãe da menina leva sua bolsa listrada de azul e branco com um grande peixe amarelo no meio. Luka gosta dessa bolsa. Mesmo sem reconhecer o peixe. Ele próprio tem uma mochila preta que não foi ele quem escolheu e que já atacou certa vez com a tesoura na esperança de ganhar uma nova. Mas não funcionou, apenas piorou tudo. Agora, sua mochila é feia e esburacada. Por isso, Luka a esconde numa sacola de plástico, que carrega para cima e para baixo. E ninguém percebeu. Ah, se ele pudesse ter uma bolsa tão linda quanto a da menina! Ele já se imagina andando por aí com aquela superbolsa, contendo seu estojo e caderno, admirado e invejado por todos. Orgulhoso, atravessaria a praça Kačić, lentamente avançando até a Marineta, onde todos estão reunidos para vê-lo com sua nova superbolsa. Ninguém conseguiria tirar os olhos dele! Quem sabe, mamãe voltaria a sorrir e dar um beijo em papai como antes, pronunciando baixinho o nome do papai diversas vezes — Zoran, Zoran, Zoran, Luka consegue até ouvir o som —, e ele abriria um sorriso satisfeito e levaria Luka para pescar. Sim, com certeza ele faria isso e lhe perguntaria coisas muito difíceis, como, por exemplo, se mamãe e papai são brancos, mas a criança nasce na África, qual seria a cor da sua pele? Uma pergunta difícil, mas não importa, ele sabe todas as respostas. Se apenas pudesse ter aquela bolsa! Como a menina nova. Não consegue desviar os olhos dela!

Ansiosa, Dora entra no jardim de infância e olha para todos os lados. Um menino grande está em pé ao lado da estante, observando-a. Dora não liga. Ela tira o casaco. Não quer que mamãe a ajude enquanto aquele menino grande a observa. Vai ver as coisas são assim mesmo no jardim de infância. Vai ver é uma brincadeira muito legal na qual é preciso ter alguém em pé o dia inteiro observando outras crianças. Dora mal consegue esperar para poder brincar também. Também quer tirar os sapatos sozinha, sem ajuda.

— O que foi, *Dorice*? — admira-se mamãe.

Mamãe não entende. Não sabe que isso é uma brincadeira nova bem legal e que o garoto a observa e que ela precisa ser corajosa se quiser entrar no jogo, e ela quer muito poder ficar imóvel e encostada na prateleira com os livros, sim, de qualquer maneira. Por isso, Dora balança a cabeça sem dizer nada. Pois, de repente, sua cabeça está tão turva e cheia e vazia e parecendo um balão de festas e quente e leve e trêmula e transparente. Ela cerra os olhos. Seu pé esquerdo está sem sapato. Assim mesmo, permanece sentada.

— O que foi, *zlato moje*? — pergunta a mãe mais uma vez.

Dora olha para ela. Daqui a pouco, mamãe começará a chorar. *Moja Dorice!*

Luka não se mexe. Encostado na grande estante de livros, prende a respiração. Tem medo de que a bolsa possa desaparecer se ele relaxar os músculos e respirar. Fixa os olhos na bolsa até eles começarem a doer e lacrimejar. Conta: um, dois, três, quatro, cinco, seis, sete... Neste momento, o seu mundo se evapora e ele despenca no chão. Tudo à sua volta mergulha em silêncio. Ele desaparece aos poucos. Como as imagens de um livro, cujas folhas ele solta devagarzinho.

Dora é a primeira a correr para perto do menino desmaiado. Agacha-se, ficando mais minúscula ainda. Seus olhos se expandem até que seu rosto, mais pálido do que nunca, pareça tomado por eles. Sua cabeça se inclina sobre a do menino e, antes que a mãe, ajoelhada do outro lado, suspenda as pernas do garoto e a mande embora, Dora beija sua boca vermelha.

— Dora! — exclama a mãe, horrorizada. Sem tempo para apelidos!

Luka escuta uma vozinha junto do seu rosto.

"Tu és minha bela adormecida, só minha, acorda, meu príncipe, tu és meu príncipe, só meu..."

Aos poucos outras vozes e palavras chegam ao seu ouvido e, confuso e fraco, ele abre os olhos e...

... ela vê seus olhos que se abrem lentamente, seu olhar confuso, os lábios que se movem sem emitir som...

... mas ele não consegue dizer nada, portanto, dá um meio sorriso e...

... ela também sorri e...

... tímido, ele ergue seu braço e sua mão alcança o rosto dela e ele toca os cabelos negros e longos e se pergunta onde está aquela bolsa e se talvez ele conseguisse agora convencê-la a dá-la de presente a ele para animá-lo e...

... ela volta a sussurrar, bem baixinho, tão baixinho que apenas sua boca se move:

— Meu príncipe, só meu.

2

— Está enxergando aquela ali, bem pequenina, como uma bola de sorvete?

Dora aponta para o céu com o braço estendido, um pirulito redondo entre os dedos grudentos e, embora suas cabeças estejam bem próximas, Luka não consegue ver a pequena bola de gelo nas nuvens.

Deitados no teto da cabine do barco, observam as nuvens, empurradas por uma leve brisa de verão. A tarde mal começou e tudo está calmo à volta, só de vez em quando passa um turista ou outro. Os moradores se esconderam do sol a pino, as venezianas estão cerradas, todos procuram a sombra mais profunda e tentam não se mexer. Num calor desses, até respirar representa um esforço.

Todos sabem disso, menos os turistas, que caminham o dia inteiro incansavelmente sem chapéu e no fim acabam indo para a emergência. Luka sabe disso muito bem. Ele os observa todas as manhãs na praia, onde tenta ganhar alguns trocados emprestando barracas ao lado da casa amarela. Tem 9 anos agora. É bonito. Dora também acha isso. Deixou crescer o cabelo, que brilha ao sol como se estivesse cheio de purpurina. Sua pele, normalmente muito pálida, ganhou um tom moreno. Em casa, muitas vezes Luka observa seu corpo no espelho. Não lhe agrada muito, porque é magro demais. Mas isso há de mudar, pois, em maio, Luka começou a jogar polo aquático. Todos os dias ele levanta às 7, engole uma fatia de pão e corre para o treino. O clube se chama Galeb. O pai também jogou polo ali. Há muitos anos, naturalmente. Antes de Luka nascer. Foi onde mamãe o viu e se apaixonou por ele. Todas as garotas se apaixonam por atletas que jogam polo aquático, é claro! São altos, fortes e simplesmente bons. Mais do que jogadores de futebol. Luka gosta disso. Gosta da água e dos amigos e dos músculos. Pena que tudo termine em setembro. Que setembro besta! E Dora. Ele não pode pensar nisso. Não pode pensar em setembro e em Dora ao mesmo tempo. Não pode pensar nisso. De jeito nenhum.

Todas as manhãs, Dora chega à praia no mesmo horário que ele — a não ser que tenha assistido ao seu treino, o que acontece muitas vezes —, estende sua toalha ao lado da sua cadeirinha, observa-o enquanto ele pinta, cai na água quando ele faz um intervalo e fica até o almoço. Em seguida, voltam juntos para casa. Às vezes, quando um deles tem dinheiro, compram um sorvete no único lugar em Makarska que vende sorvete e no qual sempre precisam enfrentar fila. Naturalmente, Dora escolhe um sorvete de chocolate —, para ela não há outra coisa no mundo — e ele de limão, porque gosta daquele gostinho azedo que refresca tanto e ainda permanece por muito tempo na boca, às vezes até depois do almoço. Eles só se separam no último cruzamento, onde Dora sobe o pequeno morro íngreme e Luka dobra à direita e depois duas vezes à esquerda. Como só têm fome quando estão juntos, demoram horas para comer, empurrando a comida pelo prato e engolindo garfadas enormes sem mastigar direito. As mães ficam irritadas, surpresas, preocupam-se, fazem piadas, gritam ameaças, sentem a temperatura colocando a mão em suas testas, observam os filhos atentamente, preparam seus pratos prediletos, se desesperam, perguntam, dão de ombros. Depois, tiram a mesa e cada uma se recolhe ao seu quarto a fim de sobreviver à tarde insuportavelmente quente e descansar. Algo que os filhos também deveriam fazer.

Mas Dora e Luka se esgueiram para fora de casa, todos os dias, o verão inteiro, enquanto os pais fazem a sesta em seus quartos. Para eles, descansar significa jogar fora o precioso tempo que poderiam passar juntos. Como qualquer outra atividade que não podem fazer juntos.

— Está enxergando ou não?

O tom de voz de Dora está um pouco impaciente.

— Ninguém pode dizer que está vendo algo que não está vendo!

Ela mexe com os cabelos. Como sempre.

Luka continua mudo. Está pensando no mês de setembro, por isso prefere ficar quieto. Vira-se para ela e a contempla enquanto ela observa as nuvens, concentrada. Há meses. Há anos. Se ficasse cego, não ligaria, pois conhece de cor o seu rosto.

— Não vale. Só vale contar as nuvens que você viu de verdade.

Dora respira profundamente e suas pálpebras começam a tremer.

— Então, como ficamos? Se não está vendo, eu ganhei. Você nem viu a nuvem anterior, embora estivesse tão nítida. Não podia ser nada diferente de uma carruagem voadora com uma pomba no teto. Dava para ver muito bem. Mas você não viu...

Ela inspirou. Depois de uma pequena pausa, perguntou, baixinho:

— Ou você não quer mais brincar?

Um barco sai do porto. O motor ronca. O mar começa a ficar ondulado, quase não dá para perceber, mas o suficiente para balançar Dora e Luka suavemente. Seus corpos se tocam, se separam, se tocam, se separam, se tocam...

— Vejo tudo, também vi o pombo, mas quero que você ganhe. Senão você fica triste, e não quero isso.

— Não é verdade.

— Não gosto de ver você triste, não gosto.

Luka continua deitado de lado, observando o rosto de Dora. Só não posso pensar naquilo, pensa ele, só não pensar que tudo isso vai acabar em breve.

Dora fica um momento em silêncio. Em seguida, senta-se, abraçando os joelhos.

— Não estou triste. É mentira. Não fico triste quando não ganho. Não é legal dizer algo se não é verdade. Pergunte a quem quiser. Não é legal. Dizer algo que não é verdade. Todos vão dizer, é só perguntar.

Ela encosta a testa no joelho.

Luka não consegue mais olhar para ela. Seu coração bate forte e de maneira irregular. Sua cabeça está confusa. Ele também se senta. Não ousa mais respirar. Fecha os olhos e conta: um, dois, três, quatro...

"Pare com isso imediatamente! Respire! Ou será que você quer desmaiar de novo?"

Dora o sacode com tanta força que ele tomba e quase cai no mar. Ele abre os olhos. O rosto de Dora está bem próximo, seus olhos negros são do tamanho daqueles dois pratos de pizza que ele viu outro dia no restaurante Plaža. Eram tão grandes que os garçons mal conseguiam carregá-los. Tremiam em suas mãos e Luka imaginou que as pizzas iriam desabar no chão a qualquer instante. Infelizmente, nada aconteceu.

— Vamos nadar — diz ele, sem mais nem menos, e se levanta. Ele pula do teto da cabine para a tábua atravessada e de lá para terra firme. Sem esperar Dora, ele caminha a passos largos em direção a Sv. Petar. Até a rocha. Pouco depois escuta seus passos atrás de si. Sorri. Ela é leve como a nuvem. Em sua cabeça logo se forma uma imagem maravilhosa.

— Eu vi a nuvem, mas não era uma bola de gelo, que besteira! Era uma bola de futebol murcha!

Faz quatro anos que Dora foi ao jardim de infância pela primeira vez e Luka desmaiou. Faz quatro anos que Dora e Luka se tornaram inseparáveis. Ninguém se espanta. Ninguém pergunta nada. Todos olham, interessados, pois nunca houve nada igual em Makarska. Ninguém ri. Nem mesmo as outras crianças. Estas brincam com eles ou os deixam em paz. Há algo de estranho no ar quando Dora e Luka estão juntos. Não é paz, mas também não é tormenta. Tem cheiro de tangerina, de amêndoas torradas, de mar, de biscoitos saindo do forno e de primavera. Como se eles estivessem envoltos em uma nuvem. Alguns afirmam que a nuvem é azul-turquesa, outros, que é cor de laranja. Domica, a velha que fica sentada diante de sua casa na beira da floresta entre a Riva e a praia, diz que a nuvem é azul-clara, quase branca, como o céu no verão. Diz isso meneando a cabeça e cerrando os olhos quase cegos. Desde que previu o terremoto seis anos atrás, as pessoas têm um pouco de medo de Domica, mas vivem pedindo conselhos a ela. Principalmente as jovens apaixonadas.

Por algum motivo, nem os pais acharam estranho que uma menina de 2 anos e um menino de 5 se tornassem amigos. E que amigos! Às vezes, eles se entreolham, pensativos, como se fossem se lembrar de algo que é melhor esquecer. Então, sorriem, ausentes e passivos. Mas não passa disso. Nunca disseram nada e fazem tudo para que os filhos possam se ver diariamente, mesmo fora da escola. E quando num dia Luka chegou ao jardim de infância com a bolsa de Dora e ela com sua mochila rasgada, ninguém notou. E ninguém sequer pensou em perguntar onde foi parar a sacola plástica.

Ana, a pequena irmã de Luka, de 4 anos, quer participar das brincadeiras, o que Luka e Dora geralmente não desejam. Às vezes, principalmente no verão, nas férias escolares, Luka precisa levá-la junto, foi a mãe que decidiu, ele não pode argumentar contra. Então, ficam os três em volta dos guarda-sóis, jogando pedras no mar, mas, nesse caso, Dora e Luka nunca, de maneira alguma, vão até o seu rochedo! O rochedo na península Sv. Petar é só deles, e uma irmãzinha insistente ou qualquer outra criança não tem nada que estar lá. Isso é claro como a água. Dora e Luka nem precisam falar sobre isso, nem precisam trocar olhares conspiratórios. Podem ir tomar sorvete com Ana. Isso sim. Um sorvete não é nada de especial. Ou então brincar de *picigin* na água rasa ou procurar a árvore mais gorda. Ou dividir uma *kokta* quando estão com sede. Isso pode. Mas seu rochedo — nenhuma chance. E tem mais uma coisa que é só deles: as nuvens. As nuvens no céu, o céu que é de todos.

Ana gosta de Dora. Quer que seja sua amiga. No jardim, diz que ela é sua melhor amiga. Todos a invejam. Todos conhecem Dora. Mesmo quem ela própria não conhece. Dora é engraçada e conta coisas fascinantes, nunca é entediante, tem resposta na ponta da língua para qualquer coisa. Tem uma bicicleta vermelha tão brilhante que, no sol, parece uma chama gigantesca. Ana também quer uma bicicleta assim. Luka se limita a rir e sair de perto dela, como se quisesse dizer que ninguém pode ser como Dora. Ou andar de bicicleta como ela. Às vezes, Ana pensa que Dora vive num conto de fadas, que, na verdade, é uma princesa que está ali só de passagem. Ana gosta de contos de fada. De vez em quando, Dora lê algum conto para ela. Ou conta. Ou inventa. Ou atua. É o que Ana mais gosta. Dora se transforma em uma princesa em apuros, uma rainha cruel, um dragão que cospe fogo, um rei que chora, um príncipe valente, uma fada boa, uma bruxa malvada. Um depois do outro. Ou todos ao mesmo tempo. É mais fascinante do que cinema. Sim, Ana gosta de Dora. Principalmente porque Dora lhe contou um segredo. Mostrou como é possível se contemplar no espelho, mudar de rosto de uma hora para a outra e virar outra pessoa. Mesmo sem uma história, só assim, simplesmente porque a gente quer, porque tem vontade. Dora diz que aquilo é um exercício importante. Ela coleciona revistas de cinema e sabe tudo sobre todos os atores. Algumas vezes, ela deixa Ana mexer em suas fotos de atores famosos, mas bem rapidamente. Só o tempo de contar até cinco. Ana é grata a Dora, mas mesmo assim acha que ela é muito severa. Afinal, o que pode acontecer? São apenas fotografias!

— Um dia eu serei assim também — sussurra Dora às vezes, e Ana não compreende bem o que ela quer dizer, se é assim tão bela, tão intocável ou tão misteriosa ou tão em preto-e-branco.

E Dora gosta de Ana, pois é a irmã de Luka, e ela gosta de tudo que pode compartilhar com Luka. E está claro também quem é a mais importante. Luka fez para Dora — e para mais ninguém

— um colar de conchinhas. Só Luka consegue segurar suas mãos de um jeito que faz o coração de Dora pular mais rápido e sua boca salivar. Só com Luka ela divide seu pirulito favorito, o branco, redondo, com borda colorida e uma figura no meio. Ela não acha nojento continuar chupando o pirulito depois que Luka o colocou na boca. Assim como a mãe dela não se importa de comer com o garfo de Dora ou tomar água no seu copo. "Assim são as mães", costuma dizer sua mãe, sorrindo. E Dora se pergunta por que sente o mesmo quando se trata de Luka, mesmo ela não sendo a sua mãe. Cem por cento não! Seria realmente cômico se uma mãe fosse mais nova do que seu filho! Certa vez, ela já escovou os dentes com sua escova. Além disso, Dora adoraria ter uma irmã ou um irmão. Adoraria ter algo macio e carinhoso para abraçar e para brincar. Sua mãe diz que é melhor arrumar um cachorro ou um gato. Mas Dora não quer. Tem um pouco de medo de gatos. Um pouquinho só, claro, porque Dora não tem medo de nada. Como aquela menina no estrangeiro que não sente dor e que depois foi diagnosticada pelos médicos como sendo portadora de uma grave doença, sangrando pelo corpo todo sem perceber. A diferença é que Dora não está doente. Simplesmente não tem medo. Simplesmente, como diria sua mamãe. Ela vive dizendo isso: simplesmente. É como se fosse uma senha, um sinal. Como a pata branca da mãe na lenda dos sete cabritinhos. Dora acha engraçado, às vezes conta quantas vezes por dia a mãe diz aquilo. Então, mamãe abre os olhos e balança a cabeça. De fato, é engraçado. Dora gosta da mãe. E de Luka. Mas é diferente. Muito cedo, Dora já entendeu que é possível gostar das maneiras mais diversas. Simplesmente.

E Luka gosta de Dora. Acha tudo nela maravilhoso. Muitas vezes, deseja que ela fosse sua irmã para que pudessem estar sempre juntos, o dia inteiro, a noite inteira. Como seria bom ter uma irmã assim. Mas talvez também não. Às vezes, Luka fica inseguro, tem um sentimento ou vários que desconhece totalmente, que lhe dão medo, e, quando é assaltado por eles, fica aliviado por poder ir para casa, onde não há nenhuma Dora e tudo está no seu lugar e é simples. Então, ele se deita e tenta pensar em outras coisas que não sejam Dora, mas em vão. Ela está sempre presente na sua cabeça, ele vê o seu rostinho, seus grandes olhos, escuta sua risada e ouve sua voz, levanta e sai de casa à sua procura. E sempre a encontra. Para depois entrar no ambulatório que fica no convento, uma espécie de igreja, pois Dora gosta do cheiro e do pé-direito alto da sala de espera. Eles se sentam e fingem que estão esperando o médico ou seus pais, mas todos já os conhecem, geralmente os deixam em paz depois de sorrir para eles. Pois sempre cumprimentam educadamente. Uma vez, Dora lhe mostrou a sala em que nasceu. Maravilhoso! Ela divide tudo com ele. Como uma verdadeira amiga.

— Me espera!

Seus passos não conseguem acompanhá-lo, ele a escuta atrás de si como um cachorrinho. Dora ainda não corre. Ela se recusa. Luka não consegue convencê-la. É um mistério para ele. Dora também é um mistério, embora ele não conheça ninguém melhor do que ela. Sabe tudo sobre ela. Tudo. O que ele não acompanhou, ela lhe contou. O que ela não lhe conta, ele sente. Dora é parte dele, como sua perna ou seus cabelos. Seu pulmão. É por isso que ele não pode pensar no mês de setembro. Pois a vida poderia parar de repente de ser tão natural. E ele poderia se esquecer de respirar de repente.

— Me espera!

Dora se apressa. Mas seus passos não têm a menor chance de alcançar Luka. Os cascalhos sob seus pés rangem. Seus olhos começam a arder. Ela não se permite chorar. Ela se ameaça com as piores punições caso escorra uma só lágrima. Nunca mais irá tomar sorvete ou comer chocolate. Ou ir com Luka ao Partizan, o cinema de verão. E seria uma pena, pois haverá mais alguns bons filmes que ela terá de ver de qualquer maneira. Com sua atriz preferida, Elizabeth Taylor. É a mulher mais linda do mundo! Ou então ela não poderá mais ler nenhum bom livro. Ou...

— Por que você está chorando?

Luka sempre morre de medo quando Dora chora. Ele transpira. Passa o antebraço na testa. Tudo gruda. Seu olhar corre da cabeça de Dora aos pés. Poucos passos os separam do rochedo. O farol já ficou para trás. Não há ninguém por perto. Só dá para escutar o mar.

— Não estou chorando.

Mas Luka pode ver as lágrimas nitidamente.

— Está chorando sim.

— Não estou.

Eles gritam como dois pássaros que brigam. Dora cruza os braços diante do peito e olha para ele com raiva e ofendida. Os braços de Luka pendem ao lado de seu corpo magro e ele só tem um único objetivo, o de não pensar em nada.

— Por que seus olhos estão molhados então?

— Não estão.

— Sim, estão totalmente molhados, mais do que os meus depois do treino.

— Você está mentindo, mentindo! É só suor!

E Dora esfrega o rosto com ambas as mãos, as mãos se mexem cada vez mais rapidamente, com cada vez mais força...

— Para, você está se machucando!

Luka tenta impedir suas mãos, mas ela não deixa, luta como se fosse pela vida. E para de repente. Como se estivesse petrificada. Luka sente que poderia parar de respirar. Começa a contar interiormente. Ninguém consegue escutá-lo, ele sabe muito bem. Cerrou os lábios de tal forma que nenhum som pode escapar. Ele pensou até em deixar os olhos abertos. Nada pode traí-lo.

— E você vai desmaiar de novo!

Dora lhe dá um safanão na barriga e sai apressada rumo ao rochedo.

Luka abre os olhos — então ele os fechou mesmo! Que burrice! E a segue. Pouco antes de chegarem ao rochedo, ele toma sua mão — que está quente, suada e escorregadia — e a segura. Ele ainda não tem aqueles músculos enormes, seu corpo ainda não demonstra os efeitos dos treinos de polo aquático. Mesmo assim, seu aperto é forte e inevitável.

Dora para. Sozinha. Luka não precisa fazer nada. Estão em seu rochedo. No calor do sol primaveril. Sem fôlego.

— Talvez devêssemos sair de barco!

A voz de Luka está bem fina. Ele segura a mão de Dora. Está numa pedra bem pontuda, mas se vê partindo no barco, Dora ao lado, agarrada no parapeito como se tivesse medo de cair no mar. Ele não consegue reprimir o sorriso. Naturalmente, ela jamais admitiria que tem medo! Mas ele sabe. Ela não tem medo da água, simplesmente não quer cair.

Eles já saíram diversas vezes no barco do seu pai. Podem fazer isso se ficarem perto da costa e não ficarem longe por mais de uma hora. Até Bratuše, ida e volta. Ou até Tučepi e de volta. Luka conhece o barco do pai como Dora conhece sua bicicleta. Ele é um ótimo comandante.

— Não quero.

Ela não quer, embora não tenha nada contra, Luka sabe. Ela ama estar no barco a sós com Luka, uma verdadeira aventura. Abaixo deles, o mar e todos os peixes e profundezas desconhecidas. Acima deles, o céu com todas as nuvens que, cada uma por si, contam histórias fascinantes. Basta ouvir. É preciso deixar os olhos abertos, mas não totalmente, apertar as pálpebras um pouco, até não ficarem maiores que duas fendas, como os olhos de um chinês. Então, dá para reconhecer tudo melhor.

— Por que não?

Luka não entende. Normalmente, ela sempre quer sair de barco. Ele se lembra da primeira vez, quando só puderam ir até Osejava, enquanto seu pai e a mãe de Dora os esperavam no porto, sem despregar os olhos deles o tempo todo. E mesmo assim adoraram e riram, e Dora quase caiu no mar ao tentar imitar um golfinho dançando e pulando. Nunca viram um golfinho, só em fotos. Luka gosta de golfinhos e adoraria encontrar um deles.

— Você iria morrer de medo, iria achar que é um tubarão. Dora riu, quase caindo n'água mais uma vez. Mas ela é boa nadadora. Ambos são bons nadadores. Como peixes, costuma dizer a mãe dele, que não gosta muito do mar. Ela passou metade de sua vida "atrás das montanhas", tem medo da água e nunca aprendeu a nadar de verdade. Quando entra no mar, fica só na parte rasa.

— O seguro morreu de velho — diz ela, olhando desconfiada para o pai de Luka, que se limita a rir e a beija, pelo menos era o que fazia antes, hoje em dia mal ri e a beija muito raramente. Mas Luka não quer pensar nisso agora, seria demais, pois já tem o mês de setembro e agora isso de Dora não querer sair de barco. Aos poucos, tudo está ficando pesado demais. E ele não sabe o que fazer. Tem apenas 9 anos, nem mesmo terminou sua primeira temporada de treinos!

— Quero descer até o rochedo — diz ela, teimosa, mas seu rosto tem uma expressão sonhadora, como se ele a tivesse arrancado de um sono profundo.

— Como quiser.

Mas você não tem mais muito tempo, ressoa na sua cabeça. Dentro de pouco tempo, tudo terminaria, e não vamos poder mais cavalgar as ondas no meu barco. Então imagina as cenas mais terríveis, coisas que nunca aconteceram e nunca acontecerão, que são muito perigosas e totalmente impossíveis, e volta a vontade de contar.

*

O rochedo é alto, íngreme e sem vegetação. Mas, antes de cair no mar, ele ainda estende a língua, formando um pequeno platô, alisado pelas ondas, no qual é possível se deitar — sob a condição de que se consiga descer até lá. É preciso conhecer a trilha. Como o rochedo não é apenas íngreme, mas também inclinado para dentro, é impossível ver o platô de cima. É um segredo. O segredo de Luka e Dora. No ano anterior, eles encontraram uma trilha de outra falésia vizinha até o mar, e de lá um túnel escuro e inquietante que levava ao platô. Na verdade, foi Dora quem encontrou tanto a trilha quanto o túnel. A superfície do platô é lisa e macia, dá para se deitar mesmo sem toalha. No rochedo, sobre o platô, nasceu um pinheirinho. De dentro da pedra simplesmente, como se tivesse surgido do nada. Como o rochedo é inclinado para dentro, no local em que encontra o platô forma uma pequena caverna desconfortável. Um esconderijo que protege até contra a chuva. Nem o sol tem permissão de entrar, principalmente no verão, quando fica bem alto no céu. E como ele fica mais alto do que o fim do platô, as ondas também não podem alcançá-la. Quando Dora e Luka não estão lá, a caverna serve de moradia pra caranguejos, formigas e outros seres marinhos minúsculos e transparentes. Eles sempre encontram restos mortais, que jogam ao mar. E, nesta primavera, uma andorinha fez seu ninho no pinheirinho. Luka fez um desenho da nova família, que ele obviamente deu para Dora sem que ela tivesse pedido. E ela teria pedido, se ele não tivesse sido mais rápido. Este rochedo é sua moradia. Fica aberta para as ilhas de Brač e Hvar. Sem placa, sem maçaneta. Sem porta. Mesmo assim, é o seu lar. Claro como água.

— Eu não chorei!

— Vamos nadar.

Diante deles, o mar forma um colar de pérolas de pequenas ondas brilhantes.

— Isto aqui é para você, veja.

Dora lhe estende a mão lambuzada de chocolate.

— O que é isto?

— Chocolate. Chamam isso de bolinha de Mozart. Ganhei da mulher no hotel quando levei o jornal para ela. É gostoso.

— Como você sabe? Talvez esteja envenenado!

— Por que estaria envenenado? Você só está com inveja — disse Dora, quase triste, observando a bola derretendo em sua mão. — Nunca comeu nada mais delicioso.

— Não quero isso. Não se deve comer nada dado por estranhos.

— Isto eu sei. Mas eu conheço a mulher. Ela já esteve aqui no ano passado. Somos amigas.

De novo, Luka consegue ouvir lágrimas em sua voz. Ele se vira e corre rumo ao rochedo, antes de arregalar os olhos.

— Não estou nem aí. Então vou nadar sozinho e você pode comer bolinhas de Mozart com sua melhor amiga. Que nome mais besta!

— É o que vou fazer. E vou mergulhar com ela, seu nojento.

Ela corre atrás dele. Até o rochedo. Ali, senta na passagem empoeirada e começa a descascar o papel laminado do chocolate. Com o calor, a bola perdeu sua forma. Dora não se importa com isso. Coloca o bombom na boca de uma vez e lambe a mão.

Luka a observa. Observa a mancha marrom-escura na sua mão. Então, vira-se rapidamente e segue. Anda apressado, muito rápido, sem tomar cuidado, correndo risco até de escorregar, mas isso não importa agora, ele precisa se afastar o máximo possível daquela mancha marrom na mão de Dora.

— O que você está fazendo? Vai cair!

Dora se levanta e corre atrás dele, falando sem parar.

— Quer quebrar o pescoço e cair na água? Eu vou precisar te pescar e se você estiver morto e deitado, vou precisar ir sozinha amanhã para o museu das conchas, e para quem vou poder mostrar e explicar tudo se você estiver morto e eu tiver que tirar um defunto do mar, e o que vou dizer ao seu pai e à sua mãe, vão dizer que a culpa foi minha, que eu deveria ter cuidado melhor de você...

É quando tudo acontece mesmo. Luka grita e Dora grita quase que simultaneamente, porque não consegue mais vê-lo, então corre, quase quebra o pescoço e, enfim, o vê. Luka está no platô contando, ela tem certeza, mesmo ele estando de costas, e ela fica irada, tão irada, tão farta de ter que tomar conta dele, que se lança sobre ele e bate em Luka cegamente.

— Pare com isso, já, pare com isso, eu...

E então ela também vê. E grita. Vira a cabeça para o lado, enterra-a nos ombros de Luka, aqueles ombros magros demais; os ossos perfuram seu rosto — dói, mas ela gosta da dor, é bem-vinda. Tudo é melhor do que pensar no que acabou de ver. Ela vai vomitar, já sabe disso.

— O que vamos fazer agora?

Dora tenta manter no estômago o assado, as batatas, o peixe, os tomates, o pepino, a alface, o sorvete de chocolate e a bolinha de Mozart, todos decididos a sair. Não tem coragem de abrir a boca.

— Dora, o que vamos fazer agora?

Luka olha para ela espantado, seus olhos assustadoramente grandes. Mas ele ainda respira. Portanto, Dora pode desviar o olhar dele. Ela se obriga a olhar para as gaivotas mortas. Primeiro, com um olho só. Este é o seu plano. Quando um olho se acostumar, ela pode tentar abrir os dois. Não vai ser nada fácil! Ela pisca alternadamente com o olho esquerdo, depois com o direito. Ela sabe fazer isso porque treinou. Uma boa atriz tem que saber fazer isso.

— O que você está fazendo aí?

— Estou raciocinando — mente Dora, mas só um pouquinho, pois ela está tentando raciocinar de verdade, mesmo que não dê certo.

— Será que alguém atirou nelas? Mas isso é proibido. E por que logo no nosso rochedo? Não poderiam ter feito isso, é o nosso rochedo, eles não tinham o direito...

— Cale a boca. Não consigo pensar!

Dora olha para ele com raiva.

— O que quer que tenha acontecido e quem quer que tenha feito isso, agora precisamos cuidar delas, são nossas, estão deitadas diante da nossa porta.

Luka fica pensativo.

— Como as crianças que são largadas diante da porta da igreja numa cestinha para que outras pessoas cuidem delas?

— Sim, exatamente.

Dora sente orgulho de Luka.

— E o que faremos com elas?

— Vamos enterrá-las, é claro. Lá na floresta.

— Você acha que alguém atirou nelas?

— Não. Acho que lutaram.

— Lutaram? Por quê?

— Por uma fêmea, o que mais poderia ser? E os dois acabaram perdendo suas vidas.

— Que besteira!

Luka não acredita.

— Isso é romântico! — diz Dora, com voz sonhadora.

Amar alguém a ponto de fazer qualquer coisa por ele...

Ela sorri como se estivesse em outro lugar. Como se soubesse de um segredo que permanecerá oculto para Luka, se ele não se esforçar. Luka não gosta disso.

— Bobagem — diz ele, aproximando-se das gaivotas mortas.

Ele tira a camiseta e as embrulha. Suas mãos tremem, mas ele quer mostrar que não tem medo.

— Bem, vamos indo.

É o último dia de agosto de 1968.

3

Existem conversas entre crianças e adultos nas quais as crianças entendem cada palavra que é dita. Fazem que sim com as cabecinhas cheias de cachinhos, inabaláveis. Não emitem som, mas sorriem, compreensivas. Satisfeitos, os pais continuam falando, escolhem cuidadosamente as palavras, estavam há dias pensando no que dizer e como dizer e explicar. Isso pode seguir horas a fio. Até que as palavras cessam e o silêncio se instala. Um silêncio que não deixa antever nada de horrível, como num filme em que falta a trilha traidora. Tal qual espectadores ingênuos, os pais se embalam na certeza de que está tudo sob controle. Como alguém que está em casa enquanto lá fora cai a tempestade, observando os embates e a fúria do vento e do mar e da chuva pela janela com uma taça de vinho na mão ou uma xícara de chocolate quente ou chá, sem se preocupar nem mesmo com a casa estremecendo. Como se o mundo exterior não tivesse nada a ver com o mundo interior. Você se felicita pela sábia decisão de não ter se deixado convencer pelos amigos a sair. Congratula-se e já pensa em como provocar os amigos no dia seguinte. Então, os adultos sorriem, de pé na janela, sem realmente esperar alguma coisa.

Mas quando começa a trilha sonora que dá medo, surpreendente e traiçoeira, quando as crianças abrem a boca e fazem a primeira pergunta, sérios, a casa cai para os adultos. E não há nenhum arco-íris à vista. Nem sapatinhos mágicos vermelhos. E nenhuma bruxa malvada morreu. Nem a do leste, nem a do oeste.

Estamos em meados de setembro. E não é a primeira vez que Dora escuta as respostas. Tampouco é a primeira vez que ela faz perguntas. Na verdade, ela já compreendeu tudo. E nada. Há três meses entendeu as palavras. Mas elas doeram tanto que ela saiu correndo. Encontrou Luka ao lado de seus guarda-sóis, desenhando, sentou-se a seu lado em uma cadeirinha e chorou sem palavras. Então, Luka lhe comprou um sorvete de chocolate e pintou seu retrato pela primeira vez, depois que ela comeu o sorvete e limpou a boca, e ela esqueceu tudo. Até a próxima vez. Mas naquele dia, depois que o desenho ficou pronto, ela apontou para o céu:

— Você consegue enxergar um *cocker spaniel* balançando o rabo?

Luka está deitado na pedra lisa sob as rochas, e suas pernas pendentes balançam na água. Está esperando Dora. A seu lado, o bloco de desenho e os lápis de cor. Acima dele, as nuvens. Ele não quer vê-las. Esta brincadeira é para dois. Faz um grande esforço para esquecer a pedra lisa. As gaivotas mortas. Tenta não pensar nelas, assim como não quer pensar nos caranguejos mortos ou nos besouros que Dora e ele costumavam jogar no mar. Como uma espécie de ritual primaveril. O ano inteiro.

Dora continua em sua cama, no quarto que ainda é seu, e enterra o rosto no travesseiro que ainda é seu. Desta vez, só conseguiu se refugiar no seu quarto. Como se temesse que suas forças não bastassem para ir até a praia, muito menos até o rochedo. As prateleiras estão vazias. O guarda-roupas está quase vazio. Seus livros estão encaixotados. As caixas estão na garagem. Sua coleção de pedras de formas estranhas também está encaixotada. Outra caixa, e esta também já está na garagem. Os desenhos. Os galhos secos de pinheiro e cipreste. Os colares de conchas que Luka fez para ela. Os vidros pintados. As bonecas. Tudo já saiu do quarto. Seu lençol ainda está lá. Um azul-esverdeado. Como o mar no lugar em que mergulhou com Luka no verão passado. Ela não sentiu medo, viu a admiração nos olhos de Luka. Segurou sua mão e o puxou cada vez mais para o fundo. Seu coração quase explodiu, mas por causa da felicidade e do sentimento único da perfeição. Dora já leu sobre isso. Ela lê muito, seu livro preferido é *O trem na neve*. Ela gosta de Mato Lovrak e já leu todos os seus livros. O sentimento da perfeição que a envolve e preenche, como quando ela devora sozinho uma enorme tigela de pudim de chocolate ou fica dentro de uma banheira quente em pleno inverno, escutando um disco de olhos fechados — ela tem todos os contos de fada em disco! — ou como quando ela encontrou aquela pedra miraculosa que tinha a forma de uma borboleta enlouquecida. Ela deu para Luka, mesmo sabendo que ele não coleciona pedras. Ele a colocou numa caixinha de vidro e guardou no criado-mudo ao lado da cama, junto de uma foto dele com Dora no rochedo, com uma nuvem branca e fofa no fundo. "Um golfinho", gritou ela então. "Não, um goleiro que dá um pulo para o lado", comentou ele. Dora sorri ao se lembrar. Como alguém pode se enganar tanto. Surpresa com Luka, nem percebe que o travesseiro está cada vez mais molhado.

Luka está deitado na pedra lisa, as pernas balançam dentro d'água. Esperando Dora. A seu lado, o bloco de desenho e os lápis de cor. O sol já está bem baixo sobre o mar. Não é tarde. Mas já é setembro.

Dora continua deitada na sua cama. Está escondida do mundo. Mamãe bate na porta e chama o seu nome. Dora! *Dorice!* Nada mais. Dora sabe, é o fim. Não haverá mais nada. Nem mar, nem nuvens, nem dias compridos na praia. Seus dedos se contraem sob o travesseiro, segurando o retrato que Luka fez dela. Sua mão úmida borra tudo. Tudo perde nitidez. Como dias nublados ao mar.

Luka está deitado na pedra lisa, as pernas balançam dentro d'água. Esperando Dora. Adoraria tomar sorvete agora. De morango ou de limão, claro, nada de chocolate. Ele sorri. De jeito nenhum. O sol só esquenta sua bochecha direita.

*

Nada mais de andar descalça. Nada de ganhar um sorvete de presente. Nenhum rosto conhecido. Nenhum pirulito redondo. Ela sabe, o retrato ficou borrado. Tarde demais. Impossível salvar alguma coisa ou alguém. Se ela morresse agora, não se importaria.

Luka está deitado na pedra lisa, as pernas balançam dentro d'água. Esperando Dora. Sua cabeça dói um pouco. A posição não é confortável. Ele não quer. Não quer fingir. Fingir que não tem medo.

Nada de brincadeiras na praia. Nada de visitar tia Marija, a fantástica doceira que sempre dá bolo de chocolate. Que fazia o bolo de chocolate para ela, só para ela, bolo quase preto, com muito creme de chocolate e calda. Nenhum porto. Nada de navios. Nada mais poderá ser visto no retrato. Destruído. Totalmente. Tudo.

Luka está deitado na pedra lisa. Como se nada tivesse acontecido. Nadinha. Nunca mais.

Nada de rochedo ou caverna. Nada de esconderijo. Nada de lar secreto. Caranguejos e besouros mortos. Quem conseguiria suportar?

Luka está deitado na pedra lisa. Como num planeta diferente. Em que nada mais é verdade. Que será esquecido a partir de hoje. Precisa ser esquecido. Como se nunca tivesse existido. Enquanto espera, ainda está vivo. Ainda respira. Nem sequer se lembra de contar.

— Você é tão novinha, não tem nem 7 anos — diz a mãe.

Acabou a espera. Nada de Luka.

Como se ele tivesse morrido. E ela também, e o mundo inteiro. Morto. Morto. Mortomortomortomortomortomortomorto.

4

Luka está muito ansioso. É sua primeira exposição. É apenas na escola, mas isso não importa, ainda assim é a sua primeira exposição. A professora de arte, Sra. Mesmer, organizou tudo. Investiu muito tempo para ver, escolheu, selecionou, devolveu, pegou de novo seus quadros, seus muitos quadros, que pouco têm a ver com o ensino escolar, tirou os óculos do nariz, segurou os quadros com o braço esticado, devolveu-os, silenciou. Finalmente, escolheu e separou vinte aquarelas e cinco quadros a óleo.

— Maravilhoso — foi tudo o que ela falou, antes de fechar os olhos e suspirar fundo —, maravilhoso.

No primeiro sábado do último mês de aulas, chegou a hora. A escola inteira compareceu, os pais, o prefeito, familiares, o líder do Partido, amigos. Até a velha parteira Anka com seus óculos de fundo de garrafa e bengala quis estar presente.

— Você sempre será o meu garoto — cochicha quando ele a cumprimenta.

Um jornalista de Spilt também veio. A professora Mesmer pensou em tudo. Graças a Deus, Luka não precisa dizer nada. Só estar lá e sorrir, se quiser. A professora o apresenta brevemente, o diretor Mastilica o elogia longamente, embora não tenha muita familiaridade com as palavras, gagueje e erre muito. Mas ninguém ri, pelo menos não se ouve nada. Seu rosto está vermelho e inchado, faz calor, dá para ver manchas redondas nos sovacos. Ele puxa a gravata repetidas vezes, como se não conseguisse respirar. Finalmente, ele termina, depois de dizer cinco vezes "finalmente". Finalmente o público pode ver os quadros de Luka. Pode dar quantas voltas quiser. Luka está no pequeno palco em que nos feriados se dança e canta. Ele olha os rostos dos visitantes e consegue lê-los.

— Maravilhoso — dizem eles.

A professora Mesmer vai de um grupo para o outro e fala, explica, responde perguntas.

— Sim, ele fez isso inteiramente sozinho. Único. Um talento incomparável. Estas cores. E ainda tão jovem. Sim, naturalmente pode comprá-los. Essa emotividade. Sim, sinto a mesma coisa. Uma atração mágica. Uma história. Sim, também consigo ver. Tão profundo. Sim, temos muito orgulho dele. Eu sempre disse...

Luka tem apenas 15 anos, mas as pessoas já querem ter um quadro seu na sala. Mesmo se esta sala é apenas em Makarska. Ele precisa combater a vontade de fechar os olhos. De parar de respirar. E logo tudo começa a girar, um, dois, três, quatro, cinco...

Ana está ao seu lado e procura sua mão. Não diz nada. Tem apenas 10 anos. Mas ela cresce, só pelo fato de estar ao seu lado. Como se quisesse dizer: "Meu irmão!" Ou então: "Se concentre, abra os olhos, não é preciso exagerar." Ana cuida dele.

E essa mãozinha quente está tão carregada de lembranças que Luka de fato abre os olhos e continua respirando; embora seus olhos estejam lacrimejando e ardendo, ele não volta a fechá-los, bem consciente; é sua decisão, a primeira há muito tempo, há uma eternidade, é o que lhe parece. Ele aperta a mão de Ana com força, sem dizer nada.

— De nada — diz ela, baixinho, sem olhar para ele. E Luka tem a sensação de que ela é a única pessoa no seu planeta. A única que fala a sua língua silenciosa.

Aos 12 anos, Dora já passou metade de sua vida naquele país estranho. Que nem é mais tão estranho assim. A língua que também não é mais tão estranha, Dora já fala quase melhor do que sua língua materna. Ela sabe dizer tudo, no ritmo certo, na melodia, na entonação. Principalmente a expressão facial. Faz parte 100% da sua vida. *Naturellement*. Ela virou um deles. *Ah oui, bien sûr*. Nessa nova língua, ela fala de si, de sua família, do pai Ivan, cuja profissão os levou até lá, *mon papa est un architecte*. De Helena, sua mãe, que adorou ir para lá, ansiosa por ir viver na metrópole, na cidade mais bela do mundo, Paris, a cidade mais fascinante, interessante, agitada, onde ela pode contar para todos que veio da Croácia — não, da Iugoslávia; falar de seus avós, que também moram em uma cidade grande, mas em outro país, na sua pátria, numa cidade que não é tão grande nem tão bonita; do novo apartamento no centro, próximo de um parque, Parc Monceau, com uma vista maravilhosa para o rio a partir do seu quarto que é muito maior do que o seu velho, com muitos móveis novos; dos novos vizinhos, que são gentis e educados e que têm uma filha da sua idade com a qual ela se dá muito bem — sim, ela poderia quase dizer que é a sua melhor amiga, pois brinca maravilhosamente bem com Jeanne, dá para confiar totalmente nela. Com Jeanne, os segredos ficam bem guardados, tão seguros quanto os belos edifícios que papai inventa e que ela pode visitar para se fazer de importante, por ser a filha do papai! Esses prédios são tão seguros quanto o dinheiro do papai no banco — os projetos dele são muito demandados —, talvez até mais. Afinal, bancos são assaltados, isso Jeanne e Dora leem nos jornais. Mas elas se sentem absolutamente seguras, pois Jeanne tem um cachorrinho, Papou, que as acompanha por toda parte e as protege. Os três exploraram o parque, os caminhos sinuosos, as estátuas colocadas ali como que por acaso, as pequenas pirâmides egípcias e colunas coríntias entre as quais elas brincam de pega-pega e esconde-esconde. Às vezes, simplesmente ficam sentadas sob a estátua de Maupassant ou Chopin e conversam, cochicham, enquanto Papou dorme a seus pés ou finge dormir, pois seu olho esquerdo está sempre aberto. Como se pudesse prestar atenção nas suas palavras. Pois na nova língua, que ela amou, Dora também sabe falar detalhadamente sobre seus filmes, livros e música preferidos; pois ela continua sendo a mesma menina aberta, curiosa, irrefreável que sempre foi. E no jardim de rosas do parque, Dora declamou versos e poemas compridos para sua amiga, e às vezes, os porteiros espanhóis que ali passam no horário do almoço aplaudiam e pediam mais. Sim, tornou-se uma língua importante para Dora, embora no início tivesse um pouco de medo.

Só tem um tema sobre o qual Dora se cala: o mar. O mar só conhece uma única língua, Dora sabe disso. Ela o sente. Seria traição falar na nova língua sobre o mar, as ondas, as rochas, as gaivotas, os mergulhos, a praia de cascalho, o barquinho, o pirulito, as conchas, as nuvens. Não significaria nada. Seriam apenas palavras, palavras vazias que qualquer um pode dizer e que podem ser de todos, e isso seria insuportável. Equivaleria a abrir mão de alguma coisa que é só dela e de mais ninguém. Pelo menos ninguém em quem ela queira pensar. Possa pensar. Ela encerra essas palavras em sua alma e deixa que se mexam ali dentro. E espera. Espera pelo príncipe que venha libertar essas palavras dessa torre sem portas, onde ameaçam morrer. E onde o ar muitas vezes fica rarefeito.

E existe algo que ela esqueceu totalmente. Em qualquer língua.

5

Luka não quer. Tem 17 anos, quer poder decidir por si só. E não quer deixar este lugar. É o seu lar. Só aqui ele consegue pintar e viver e estar perto do mar. Mesmo se todos acham que é a única coisa certa para o seu futuro. Nem a professora Mesmer consegue convencê-lo, pois ele não é um traidor. Não como alguns outros que ele não conhece. Não conhece mais. Ele não vai sair simplesmente, deixando as pessoas de que ele gosta e que gostam dele.

Ele não quer crer que, em Zagreb, na Academia de Artes, poderá aprender algo que aqui, em Makarska, não aprende. Aqui está a luz. Aqui estão as cores que significam a sua vida. E o mar. Tudo está aqui. O ponto de encontro. Quantas vezes a mãe lhe disse:

— Se nos perdermos, fique onde você está, vou acabar te encontrando, pois, se nós dois ficarmos vagando por aí procurando um ao outro, vamos nos perder e nunca mais vamos nos encontrar. Um, portanto, precisa ficar onde tudo aconteceu, um precisa ficar esperando, caso contrário jamais poderão se encontrar. Onde se encontrariam?!

Além disso, ele precisa tomar conta da mãe, agora que o pai sumiu, desapareceu, simplesmente foi embora de barco, como um garimpeiro. Como se tivesse esquecido o que é o verdadeiro tesouro e onde fica. Não, não vai chorar, já tem 17 anos, é adulto, pode cuidar da família, claro, nunca abandonaria as pessoas que ama, não, nunca, não como certas pessoas que ele nem conhece mais e de quem não precisa mais, pois já tem 17 anos, é adulto.

Como se estivesse voando, Luka percorre a floresta na península de Osejava, não encontra vivalma, corre e luta por ar, em pouco tempo estará em Tučepi se continuar assim. Será que o pai se escondeu ali? Se encontrá-lo, deve continuar andando, virar a cara para o outro lado, com desprezo, ou deve cumprimentá-lo, perguntar como ele vai? Não, chorar nunca. Não, agora ele é o homem da casa, e homens não fazem isso nunca. Deveria pedir que voltasse para casa? Não dá mais para confiar em nada e em ninguém. Agora que até os quadros de Picasso foram roubados do palácio papal. Cento e dezenove quadros! Não, ele não vai chorar.

O rosto de Dora, 14 anos, é só sorriso. Ela não vê nem escuta nada. Seu corpo arde. Ela faz o que lhe ensinaram. Mas faz sobretudo aquilo que carrega dentro dela, o que a preenche, o que existe em cada respiração. Não precisa fazer esforço para encontrar as emoções dentro dela, ao contrário, precisa se esforçar para mantê-las dentro de si, não deixar que saiam todas de uma só vez, mantê-las sob controle e só revelá-las a conta-gotas. Pois é assim que tem que ser. Nada em excesso. Não tudo de uma vez. O segredo dos bons atores.

A apresentação é um sucesso. Não porque na plateia estejam apenas parentes e amigos dos jovens. Não, é por causa dela e da magia que ela dissipa e do vazio que ela deixa para trás quando sai do palco. Mesmo que seja apenas um palco de escola, pequeno e sem cortinas de veludo vermelho. Mas mesmo assim foi um texto de Racine, um Racine genuíno, clássico, difícil, ainda que editado! E ela foi uma Fedra fantástica, apesar da sua juventude e apesar de o papel ter sido adaptado às crianças que atuam com ela e que assistem! Um desempenho digno da Comédie Française! Dora não consegue deixar de decolar sempre, ama e morre mil vezes antes de alcançar os outros. Ela não quer e não consegue deixar seu papel, deixar de ser uma heroína trágica, abrir mão da aura que nem é aura. É a sua vida. Sempre foi assim. Ela fecha os olhos e se vê refletida no espelho, uma garota que mexe e controla os músculos faciais, domina as expressões, sabe a qualquer momento o que está fazendo. Ela não representa, ela é. Ela é tudo de uma só vez. O mundo inteiro, não importa se este mundo a vê ou não.

Não importa que o mundo ao seu redor se movimente em uma direção e ela na outra. Cumprimentos, abraços, beijos, risos contentes. Isso é ela, e isso não é ela. Jeanne está a seu lado. É o que ela consegue distinguir. Jeanne puxa o seu braço e quer chamá-la de volta para a realidade ou levá-la para casa. Dora não entende muito bem e isso lhe é indiferente. Neste momento, não tem sonhos. Quer que tudo fique assim. Que tudo permaneça como é. Fedra para sempre. Pois agora tudo está finalmente claro. Claro como raramente o céu de Paris é. E ela está tranquila em sua empolgação, não sente nenhuma vontade de agir. Finalmente, pode ficar parada. Encontrou o que procurava.

— Olha ele ali, olhando para você, sem conseguir desviar os olhos.

Jeanne sussurra e Dora escuta sem compreender direito. Mas também vê uma pessoa grande, um rapaz, tímido, porém decidido, ao lado da entrada do palco, que a segue com o olhar. Dora acha que o conhece. Ele está duas turmas adiante da dela, ela já o viu várias vezes no corredor. Olhos azuis, louro, deve ser atleta, jogador de basquete, isso mesmo, ela já assistiu a um treino. Ele era bom. Talvez não o melhor jogador do dia, porém muito bom. Rápido. Gérard. Ele se chama Gérard. Isto mesmo. E ele sempre a cumprimenta de forma leve, quase imperceptível, quando passa por ela no corredor. Ela não sabe o que achar disso. Hoje não. Afinal, ele não é nenhum Hipólito. Mas, ao vê-lo ali, olhando timidamente, ela sente um nó na garganta, subitamente é tomada por um sentimento — um sentimento que paira como uma nuvem — de ser outra, quase não consegue respirar. Se fosse outra, certamente desmaiaria agora.

— Acho que ele está vindo para cá! — sussurra Jeanne, entusiasmada, apertando a mão de Dora com tanta força que dói.

E isso a salva daquele sentimento opressor no peito, na cabeça e no corpo inteiro e a traz de volta à realidade, esse Gérard é apenas um Gérard e tudo está em ordem e ela consegue voltar a respirar e ser uma Fedra maravilhosa.

E ele veio mesmo. Ainda não é nenhum Hipólito, o que não é mau — e Hipólito não amou mesmo Fedra! —, mas o sorriso que preenche seu rosto e o brilho nos olhos a obrigam a prestar atenção à respiração. Talvez haja outra apresentação hoje, da qual ninguém lhe falou? No primeiro momento, ela sente algo como um pânico, mas esse sentimento logo se dissipa, pois ela pode fazer qualquer papel e é boa em improvisações! Nada pode dar errado.

6

— Abra a porta, por favor!

A voz de Ana não é nítida, mas é insistente, precisamente pelo tom baixo. Parece que podemos nos esconder dela, fugir, mas isso não passa de uma grande ilusão. Mesmo com a porta fechada, a voz da sua irmã é vigorosa. Até nessa situação.

Luka está deitado na cama em casa e chora. Quieto. Não está triste. Está com raiva. Deitado de costas, olha para o teto imaginando que fosse o céu e ele estivesse na praia e que as manchas escuras fossem nuvens... E logo ele se dá conta de que isso é um erro gigantesco. Existem tabus que precisam ser tabus. Que não podem ser quebrados de forma alguma.

Como, por exemplo, observar nuvens. Ou simplesmente se imaginar observando-as.

Nesse momento, a raiva começa a se confundir com a tristeza. As palavras de Ana agora parecem pingos de chuva. Incontáveis pingos rápidos.

— Por favor, me deixe entrar, por favor!

Embora diga *por favor*, não é bem assim. Ela nem imagina que ele possa lhe negar o pedido. Mesmo assim, ela é gentil, suave e genuína. Forte. Apesar dos seus 13 anos.

Ela é como papai, pensa Luka. Forte como papai. Por isso, a invejava. Ele também gostaria de ser como papai. Essa sensação de segurança e acolhimento. Mesmo que ele não esteja mais por aqui.

Papai os deixou no ano passado, simplesmente foi embora. Sem mais nem menos, mudou-se para outra cidade, totalmente estranha.

Levou seu barco e desapareceu. Mesmo que Luka tenha seu endereço e a qualquer momento possa visitá-lo ou telefonar para ele, o pai, para ele, continuará desaparecido. Sumido. Não está mais onde deveria estar. Perto dele. De Ana. Da mãe. Fugiu. Simplesmente. Ainda que fosse uma partida anunciada ao longo dos anos. Aconteceu subitamente. Ninguém acreditou. Exceto Ana. E a mãe. E parentes. E vizinhos. E amigos. E todos que o conheciam. Só seu filho ficou surpreso. Como se tivesse os olhos tapados por nuvens. Ou cores. Durante anos a fio, Luka poderia ter observado como a felicidade escorria lentamente do rosto do pai. O riso. A vontade de viver. Ele se envolveu em silêncio, escondeu-se do mundo com olhos vazios. Afastou-se dele, do seu filho. Seu companheiro. Ficava só no barco. Até sumir totalmente. E ninguém disse nada. Como se fosse a coisa mais normal do mundo. Nada de perguntas, nada. Só Luka saiu desesperado, procurando-o.

— Cresça — disse Ana, sua irmãzinha. A mãe apenas virou a cabeça e ficou em silêncio. Luka teve a sensação de que ela nem tinha ficado chateada com o pai. Como se estivesse de acordo. Mas Luka não, ele não estava de acordo! Sentiu-se traído e abandonado, sem poder fazer nada. Ficar vagando por aí como um ano atrás, quando tudo aconteceu, não tem sentido agora, não é uma solução. Se ele o encontrasse naquela época, sim, tudo poderia ter sido diferente. Mas assim! Essa busca sem objetivo! Tão ridícula. Tão patética.

Outros decidiram por ele. Mais uma vez.

— Cresça — disse Ana, sua irmãzinha.

— Não, não quero!

— Você não me ama.

Gérard vira de costas para Dora e abaixa a cabeça. Dora fica na dúvida se ele de fato está magoado, ofendido ou triste, ou se tudo não passa de um jogo para poder dobrá-la. Estão namorando há um ano. Foi um ótimo ano. Dora gosta de ver como ele se esforça por ela. Ele é bom com ela e seu coração bate mais depressa quando ele segura a sua mão. Em janeiro estiveram juntos na inauguração do Centro Georges Pompidou e, depois, no meio da multidão quando o Expresso Oriente Paris-Istambul partiu da estação para sua última viagem, e em abril, quando Jacques Prévert morreu, ela lhe declamou seus últimos poemas e eles choraram juntos, ela mais do que ele, mas isso não quer dizer nada. Ela confia nele. Mas há um porém. Há algo que ela não compreende que a deixa insegura e reticente. Ela deseja os seus beijos, seus abraços. Ele tem um jeito tão bom de acariciar seus cabelos. Vive repetindo que adora seus cabelos. Brilham tanto. Ela gosta do jeito como ele pronuncia seu nome. Sussurrando-o ao pé do ouvido. Como seus lábios se encontram suavemente e a fazem estremecer.

Mas ela não o ama. Tem certeza disso. Só não pode lhe dizer isso. Pois gosta dele. Não quer terminar. Não, de forma alguma. Só não quer dormir com ele.

Ela tem apenas 15 anos. É cedo demais.

— Não posso ainda. — É uma meia verdade. Pois ela nunca irá querer. Ela sabe disso, sem saber direito por quê. Ela sabe que ele não será seu primeiro homem. Não é uma sensação, é uma convicção que a domina do mesmo modo como ela própria domina o palco, declamando seu texto, ou mesmo estando em silêncio, apenas olhando para os demais atores.

— Por que não?

Ela não pode dizer nada. Não pode dizer a verdade, de forma alguma.

— O que você espera? O que te falta?

O mar, ela quer responder. As nuvens. As rochas... Ela começa a tremer. A sensação de que algo existiu. Alguém. Que ainda existe. Talvez.

Luka está deitado em sua cama, observando o teto. Faz tantos anos. A metade da sua vida. A metade muda. A metade morta.

Que ele quis ressuscitar através da arte. O tempo em overdose. Cor em excesso. E o silêncio.

Dora fugiu correndo de Gérard, não encontrou outra saída, porque não encontrou as palavras certas. Fugiu. E agora está sentada na grande poltrona confortável em seu quarto, no apartamento vazio. O pai viajando. A mãe no escritório. Provavelmente. Dora está sozinha naquele apartamento gigantesco, tão distante das coisas mais importantes. Dela e de sua vida. Da vida além do palco, em que ela mesma precisa cuidar das palavras. Anos preenchidos de silêncio e cegueira. Ela não se mexe. Não quer procurar. Tem a sensação, como tantas vezes naqueles anos, de que poderia ser perigoso procurar. Encontrar. Ver. Como aconteceu tudo aquilo? "É a idade, simples assim", diria sua mãe.

Coisas de criança. Se Luka apenas pudesse acreditar nisso. Tudo esquecido. Talvez fosse agora o momento certo de partir. Agora que todos sumiram. Pai desaparecido. Mãe morta.

O telefone toca. Dora continua sentada, imóvel. Precisa pensar. Admira-se que, para ela, ainda existam coisas mais importantes do que atuar no palco. Pois agora ela não está pensando no seu papel na nova peça que será apresentada ao final do ano letivo. Sartre. Ela preferiria Camus, acha sua linguagem mais suave. Mas Dora não pensa nisso agora. Não. Ela tenta se lembrar. Havia algo. O porto. Um pequeno povoado. Algumas ruas apenas, suficientemente largas para carros. Sem semáforos. Havia barcos. Muitos barquinhos. E raramente chovia. Havia um sorvete de chocolate delicioso. E bolo. E pirulitos redondos engraçados. E as pessoas eram gentis. Fazia calor no verão. Muito calor. E Dora tinha um maiô azul da Itália, que ganhou do pai. Com lantejoulas que brilhavam na água como o rabo de uma sereia. No mar, não na água. Os pequenos grãozinhos fazem a diferença, dão uma sensação boa na pele. Quando secam, deixam desenhos brancos engraçados. Depois, a pele se contrai e surge uma contração agradável que significa felicidade.

O telefone toca de novo e Dora continua sentada.

Ela não se lembra do nome. Por que não?

Luka está deitado em sua cama e observa o teto.

Ele chegou em casa uma hora antes do normal. A última aula, de Matemática, foi cancelada, o que foi ótimo, pois não se preparara para ela.

— Mamãe — chamou —, cheguei.

Nenhuma resposta. Mas isso não era estranho, havia meses que sua mãe já não saía mais da cama: caiu doente depois do abandono de papai. Sem diagnóstico. Sem remédios. Sem esperança. Portanto, talvez sim traída e abandonada. Em algum momento, Luka nem se esforçou mais. Pois se achava meio bobo em suas tentativas de animá-la. Como um palhaço. Tudo sem sentido. Ele foi até a cozinha e pegou uma maçã. Deu uma dentada. Voraz. Olhou pela janela. Era um dia quente de primavera. Ele quis ir até a praia para pintar um pouco antes do treino. De repente, o silêncio o incomodou. Algo o impeliu a ir até o quarto da mãe. Ela estava deitada. A cabeça virada para a porta, como se estivesse esperando por ele. Os olhos abertos.

— Mamãe? — Olhos abertos e imóveis.

— Mamãe! — Claro que ele compreendeu tudo imediatamente. Claro que ele não quis compreender nada. Foi até ela.

— Mamãe. — Baixinho. Segurou seu braço estendido. Frio.

— Mamãe. — Pôs a mão na sua testa. Fria. Seca.

— Mamãe. — Inclinou-se bem perto do seu rosto. Os lábios um pouco afastados. Como se estivesse sorrindo. Luka não conseguia lembrar quando vira a mãe sorrir pela última vez. Rir, então, menos ainda.

— Mamãe. — O fato de ela ficar em silêncio, sem responder, não o surpreendeu. Luka sentou-se a seu lado na cama.

— Mamãe. — Seus dedos acariciaram seu rosto. Estava relaxado. Tranquilo. Quase contente. A palavra "equilibrada" surgiu dentro dele. Luka deitou a cabeça no seu peito e cerrou os olhos.

— Mamãe. — Ele não ouviu nada. Nenhuma batida. A cabeça dela não se moveu. Nem mesmo um milímetro. Ou pelo menos um nanômetro. Seu peito era como pedra. E, mesmo assim, macio. De uma maneira dolorosa.

— Mamãe. — Ele acariciou a cabeça da mãe. Suas bochechas. Seu pescoço. Seus ombros magros. Seus braços. E novamente a cabeça. O cabelo. As bochechas. O pescoço. Os ombros magros. Os braços. E novamente a cabeça...

— Mamãe.

Então, Ana chegou.

— Mamãe! — gritou ela. Chorou.

— Mamãe, não, por favor, não, mamãe, não, por favor, mamãe...

Luka levantou e abraçou Ana. Não por muito tempo. Não esperou até ela se acalmar. Não. Ana chorou sem parar. Soluçou. Alto e sem parar.

Então, Luka saiu sem dizer uma palavra e foi até o quarto e se trancou. Traído e abandonado. Olhando para o teto.

E isso horas a fio.

Dora fecha os olhos e sente o sal na pele. Na boca. O sabor lhe é tão familiar. Um pouco amargo. E mais uma vez toca o telefone. Esse nome! Afinal, por que esquecer um nome! Makarska, sim, claro, não é segredo. Mas o outro.

Talvez ele devesse mesmo frequentar a Academia das Artes e se preocupar com o seu futuro. Algo totalmente novo. Não seria mau. A ideia lhe agrada. Para variar, *ele* poderia partir, deixar os outros. Não tem sentido ficar e esperar e manter guarda. Para quem?! Todos se foram.

— Luka, abra a porta! Precisamos conversar, chamar o médico, providenciar o enterro, tomar decisões. Por favor!

Sim, Ana tem razão. Ele precisa tomar decisões. Crescer.

O telefone volta a tocar. Dora continua sentada, imóvel. Precisa pensar. Precisa entrar nessa viagem cheia de lembranças, mesmo sem visto. Sentimentos aparecem e desaparecem antes de serem absorvidos. Mas ela compreende que é importante. Se ela quiser avançar, terá que ser agora. Deixar-se levar. Esquecer para poder lembrar. O mar sob o céu limpo. É ali que ela precisa começar. Não é no sul da França, não. Não é onde ela foi tantas vezes com os pais nos últimos anos. Nem na Bretanha, não, de forma alguma. Deve existir outro mar. O medo a guiará. Será seu guia. Até as rochas. Ela soluça alto e sem lembranças. De que tem medo?

Ele abre a porta e, num momento de clareza — e também de confusão —, vê uma menina pequena e magrinha de cabelos escuros que sorri para ele com grandes olhos negros, estende-lhe a mão e o leva...

— Finalmente!

Ana tem apenas 13 anos e é sábia como Toma, o velho pescador sempre sentado no porto ao lado de seu barco, imutável, ocupado ora com suas redes, ora com seu cachimbo. Cuja pele escura, marcada pelo sol e pelo vento e pelo sal, irradia calor. O velho tio Toma sempre tem tempo. Não conversa muito. Mas é possível sentar-se a seu lado e conversar. Ou ficar em silêncio junto a ele. De um jeito ou de outro, ele faz com que nos sintamos melhor. Muito melhor. Isso é seguro. Ganhamos confiança e ficamos prontos para dar o próximo passo. Não temos mais medo e até gostamos de pensar naquilo que está por vir. Estamos prontos para surpresas.

Luka abraça sua irmãzinha bem forte. Ela precisa dele. Claro. Talvez ele possa ajudá-la. Seria maravilhoso. Poder ajudar alguém. Estar aí para alguém. Poder ficar com esse alguém.

Será que com 6 anos somos jovens demais?

— Sinto muito, sinto muito... — Luka chora no cabelo de Ana. Cabelo denso e louro cor de mel e longo, bom para esconder o rosto. Mas ele não faz isso. Ele se escondeu muito tempo. Agora acabou. Agora é hora de tomar decisões, e ele vai tratar de não tornar as coisas ainda mais difíceis. Ana está calma em seus braços. Luka não sabe o que ela está sentindo — alívio ou raiva, se ela acredita nele ou não. "Eu cuido de tudo, não se preocupe, eu faço isso..." Ana não se move, respira imperceptivelmente e treme de vez em quando, depois ela volta a se acalmar.

— Sinto muito, deixei você muito tempo sozinha, sinto muito, vou me redimir, eu prometo, tudo vai ficar bem...

Ele poderia muito bem estar falando consigo mesmo.

— Quero que papai volte.

A voz de Ana é clara como o mar no inverno.

Simples assim.

A pergunta é: para quê? Jovem demais para quê?

É noite. Luka não dorme. A irmã está a seu lado. Ela respira calmamente, de forma regular. Sorri um pouco no sono. A mãe morreu hoje, mas ela sorri mesmo assim, pois seu pai vai voltar para casa. Ela ainda é uma menina. Treze anos. Qual a diferença para 15 anos? A gente ainda é criança aos 15? Às vezes, parece que ele foi criança pela última vez aos 3 anos. Mas nem todos são como ele. Portanto, 15 pode significar qualquer coisa.

*

Jovem demais para a vida. Para o resto da vida, poderíamos dizer. Se aos 6 anos tudo já está claro e determinado, o que sobra para o futuro? A cabeça de Dora trabalha febrilmente.

Luka levanta, vai até o armário, abre a porta cuidadosamente. Não quer despertar Ana. Bem no fundo, no canto mais profundo e esquecido, há uma caixinha de madeira que há muitos anos ele decorou com motivos marinhos e as conchas mais diversas. Ele a apalpa. Nada acontece. Sua mão não é mordida nem queimada. Mesmo assim, retira a caixinha com muito cuidado. Não lembra mais o que ela contém.

A lua cheia joga a claridade para dentro do quarto. Ele não precisa de mais luz. Ele coloca a caixa no tapete diante de suas pernas cruzadas. É mais pesada do que imaginou. Olha para o objeto e coloca as duas mãos sobre ele. Os dedos se movem como que sozinhos, e assim ele fica no meio da noite acariciando uma pequena arca de madeira. Ele tem 18 anos, mas se sente como um menino de 8. Pois quando ele tinha 9...

Dora tem a sensação de que está montando um quebra-cabeça. Como se tivesse todas as pecinhas, mas não o modelo. Nenhum quadro para servir de orientação. Tudo lhe parece sem perspectiva. E talvez seja ridículo, tudo coisa da imaginação, coisa de criança. Quem sabe, apenas esteja se tornando adulta. "É a idade, simplesmente", diria sua mãe. Sim, é possível. Se não existisse aquela sensação. E em algum lugar do apartamento uma caixa contendo objetos de outra vida. De sua vida. O telefone toca. Que droga! Dora se levanta e sai do quarto. Sai do apartamento. Fecha a porta atrás de si como se fosse um prenúncio.

Na manhã seguinte ao enterro, Luka visita sua professora de arte. A Sra. Mesmer mora em uma velha casa de pedra na periferia da cidade, perto da via litorânea para Dubrovnik. Mora sozinha. Seu marido morreu há dez anos. Era artista. Na casa inteira há quadros dele. Nenhuma foto — pelo menos não no corredor ou na sala. Luka e a professora se sentam no terraço, ela serve chá gelado e Luka se sente muito adulto.

É um silêncio agradável. Eles olham para além do mar. Há uma reconfortante vista desse terraço, pode-se ver metade das ilhas de Sv. Petar e Osejava. São 9h45 e a balsa em direção a Sumartin deixa o porto. Luka não tem pressa. Ele sente um relaxamento se espalhando. Está todo confortável na macia poltrona estofada.

— Eu vi seu pai. Ele está por aqui, que bom. — A Sra. Mesmer não olha para ele. Ela está ocupada com seu copo.

— Sim, que bom.

— Ele passará a noite num pequeno hotel em Donja, pelo que ouvi dizer.

— Sim, provavelmente.

— Que bom.

— Sim, que bom.

E ficam em silêncio.

— A senhora tem uma bela casa.

— Sim, não é?

Eles tomam chá e permanecem em silêncio. Luka tem a sensação de que o tempo parou. Como se não houvesse tempo. Fecha os olhos e não pensa em nada. Ele é um verdadeiro mestre quando se trata de não pensar em nada.

— Então você mudou de opinião.

Ela abaixa a cabeça um pouco e o encara por cima do aro dos óculos. Luka continua mudo.

— Muito bom, fico contente.

A professora toma um pequeno gole de chá gelado.

— Você é o maior talento que já passou pelas minhas mãos ou que eu conheci pessoalmente. Fico muito contente.

Ela pousa o copo na mesa. O vidro capta os raios solares e brilha em várias cores.

— É só o que eu quero fazer, a vida inteira. Quero pintar. Pintar, mais nada. Pintar esse copo aí, que fisgou a luz. O mar a qualquer momento, a qualquer tempo.

— Bom.

— O mar e a luz. Quero pintar minha alma.

Ela permanece em silêncio alguns segundos. Observa-o minuciosamente. Não como se o visse pela primeira vez. Não. Como se já soubesse desde sempre.

— Isso pode doer.

É só o que ela diz.

Depois de mais um bom tempo em silêncio, ela se levanta, dirige-se à cômoda da sala, tira um envelope fechado da gaveta de cima e o entrega a Luka. Ele segura a carta fina, olhando para sua professora. Constrangido e empolgado ao mesmo tempo.

— Essa carta já te espera há muito tempo. Vai facilitar o caminho um pouco. Mas somente o caminho exterior.

Ela está ao lado da porta.

— Nos vemos amanhã na escola — diz ela, acariciando sua bochecha. Afetiva. Consoladora. Confiante.

E Luka pensa na mãe, que está morta. Para sempre. Engolida pela terra quente.

Antes de a primeira lágrima chegar aos olhos, ele se volta rapidamente e corre para a rua. Mas não é atropelado. Não, não é esse o seu destino. E ainda há poucos carros em Makarska no ano de 1977.

7

Ela conseguiu chegar lá. Faz parte dos eleitos. Conseguiu. Dora sorri. Na verdade, é natural que tenha sido assim, mesmo que ela saiba que poderia ser bem diferente. Sobe as muitas escadas e segue os outros que vão até o paraíso. Dora sabe que tudo vai correr segundo o planejamento, que, a rigor, é uma grande autoestima ou uma ausência de alternativas. É o único caminho para dar expressão e vazão a todas as vidas que se agitam dentro dela. Sartre morreu em abril, mas suas peças ficaram, e ela poderá atuar em todas. Em algum momento.

E enquanto Dora persegue seu futuro, ela é surpreendida por uma imagem, um mosaico de minúsculos fragmentos de outra vida que mora dentro ela, bem escondida. E que traz consigo uma sensação de segurança, de acolhimento e de felicidade que ela não quer ver de perto, talvez por medo de perdê-la quando passar. Os fragmentos são agudos como pequenas conchas, macios como a neve que derrete no verão, quentes como pão recém-assado, nítidos como os contornos das nuvens na primavera depois de um bom vento norte. E todas essas pecinhas estão arrumadas sobre um fundo que é o azul brilhante do mar. Não são lembranças. É a vida que ela esqueceu e que está diante dela. Tudo interligado de uma maneira inexplicável. Diferente e contraditório, porém parte de um todo.

Dora está na sua primeira aula no Conservatório Nacional Superior de Artes Dramáticas em Paris. Tudo se arranjará. Sua fé é repleta de paixão.

*

— Eu te amo.

As palavras de Klara acariciam seu ouvido. Luka deposita o pincel e se volta para ela. Ela não o abraça. Mantém a distância devida em relação ao seu corpo. Esta é a regra: ela não deve tocá-lo durante o trabalho. Mas sempre encontra novas formas de não deixá-lo em paz, de se fazer presente. Ele gosta disso e não gosta, pois gosta dela, mas precisa ficar concentrado. Mesmo sem estar sob pressão. Ele nunca está sob pressão. Seus trabalhos ficam prontos antes ainda de receber a tarefa dos professores. Ele vive para pintar. As pinceladas são sua respiração. Klara não entende isso?

Klara é maravilhosa. Também nasceu em Makarska, mas já está há tanto tempo em Zagreb que Luka não a havia conhecido antes. Além disso, é três anos mais velha do que ele. Klara é professora de dança. Eles se conheceram dois anos atrás, no hospital, quando Luka visitava um amigo que quebrara os dois braços num acidente de carro. Ela estava no quarto ao lado, sob o efeito de analgésicos fortes. Quebrara a perna. Como já era famosa e isso infelizmente significava o fim de sua promissora carreira, era o assunto número um entre as enfermeiras e os doentes. Assim, Luka decidiu visitá-la, levando-lhe flores para animá-la e consolá-la. E constatou que ambos tinham muita coisa em comum. O local de nascimento, por exemplo. Foi assim que tudo começou. E Klara não se deixou abater. Depois de chorar muito, secou as lágrimas e sorriu. Disse que existia coisa pior. O que é verdade. Mesmo assim, Luka sempre admirou essa postura. Klara disse que foi amor à primeira vista. Que quando o viu estava meio adormecida e achou primeiro que estava sonhando, e quando viu que ele era real soube que só podia ser ele.

— Era claro como o meu sonho de dançar. — Vivia repetindo.

Já Luka não pode dizer que foi amor à primeira vista. Para ele, esse amor já acontecera havia muito tempo. Sim, senhor. Já faz tanto tempo que ele quase nunca pensa naquilo. No primeiro amor. Acabou. Mesmo assim, foi o primeiro. E é sabido que só pode existir um. Isso ele jamais contou para Klara. Naturalmente que não. Luka não sabe muito sobre as mulheres, falta-lhe experiência. Apesar de seus 21 anos. Ou por causa disso, difícil dizer. Mas ele sabe que nenhuma mulher gostaria de ouvir aquilo. Principalmente quando está apaixonada. Mas ele fez o retrato dela. O quadro está pendurado na escola onde Klara dá aula de dança. Eles não moram juntos. Ainda não, diz Klara. Já Luka não diz nada. Não consegue imaginar. Gosta de Klara e não quer mudar coisa alguma. É bom do jeito que está. Às vezes, ele acha que não consegue suportar muita proximidade. Mas então Ana vem visitá-lo e Luka quer mais. Ele já percebeu que, nessas ocasiões, Klara o observa atentamente e imagina que ela possa tirar conclusões falsas, mas isso não o preocupa. Talvez porque Ana e Klara se dão bem.

Ana gosta de Klara. Klara cuida dela com afeto, quase maternalmente, e Ana não acha ruim. É quando Luka pensa que sua irmãzinha ainda sente falta da mãe. Apesar de estar com o pai em casa, que voltou a ser como era antes. Vivem como dois amigos na pequena casa à beira-mar, ao lado do hotel que Zoran dirige há três anos. Ana quer ser professora e ficar em Makarska. Está totalmente apaixonada. Ele se chama Toni e é da sua turma na escola. Joga polo aquático como Luka antes de sua mudança para Zagreb, onde passou a se dedicar totalmente à pintura. Toni é alto, forte, bonito e apaixonado por Ana. Às vezes, Luka acha que perdeu alguma coisa, que alguém lhe roubou algo. A leveza juvenil. Pois ele vê a irmã e constata que a vida pode ser fácil.

Na realidade, sua vida não é tão mais complicada. Ele faz o que quer, tem uma namorada de quem gosta e que gosta dele, já vendeu alguns de seus quadros — não dá para viver disso, mas está caminhando. Não há obstáculos aparentes, não há pedras no caminho.

Mesmo assim, existe algo que não deveria existir, mas que faz parte de sua vida.

— Eu te amo.

Dora acredita que André a ama e ela também gosta dele. Mesmo que nunca tenha lhe dito que o ama. Não é fácil para ela. Toda vez que as palavras querem sair, pouco antes de o ar carregado com essas palavras ser expelido, elas param em algum lugar entre a faringe e a língua. Como se estivessem assustadas. Como se tivessem medo da luz.

— Eu te amo.

Dora o abraça, na falta de palavras correspondentes.

André é maravilhoso. Embora só se conheçam há alguns meses — seis, para ser mais preciso — Dora, já se sente bem com ele, um pouco como se estivesse em casa. André é quatro anos mais velho do que ela, está quase terminando a universidade — estudou finanças — e já trabalha no banco do pai. É inteligente e aplicado. E sabe tudo sobre dinheiro, diferentemente de Dora. André vive rindo de sua ignorância em matéria de dinheiro.

— O dia em que você for rica e famosa, por favor deixe que eu cuide de suas finanças.

— Com o maior prazer — responde ela. Para Dora, o dinheiro é indiferente. Não pensa nisso. Tem outras coisas na cabeça.

— Vamos jantar. Abriram um novo restaurante na esquina. Dizem que é excelente.

— E caro.

— Não se preocupe com isso. Eu quero mimar a minha vedete.

Ele pega a sua mão e quer ir.

— Você é um esnobe — diz Dora, levemente divertida, sem sair do lugar.

— Tanto faz, enquanto você me quiser por perto...

— Na verdade, estou sem fome. E ainda preciso decorar meu texto. Primeiro dia e já temos tarefa!

Ela continua imóvel, olhando para os lados.

— Mas você precisa comer! E depois eu te ajudo a decorar o texto.

— Seria uma novidade!

Ela ri. Quando muito, ele só consegue ajudá-la a chegar até a cama.

Ele se vira para ela e a abraça vigorosamente. Coloca o queixo na sua cabeça. André é alto.

— Não é culpa minha que você seja tão bonitinha que não possa deixar de te abraçar, que a cada minuto pense na sua boca macia, nos seus seios firmes...

— Chega, chega, chega! Viu, não disse!

Ela só finge estar aborrecida, deixa que ele a beije, que suas mãos acariciem o seu corpo. No meio da rua. Sente o desejo, fecha os olhos, ela se sente bem, escuta ele gemendo baixinho no seu ouvido...

— Preciso ir agora...

Mas ela não tem muita certeza.

— Você é cruel, devia ser proibido...

Sua boca ainda está na sua orelha.

— Mas eu preciso. Não que eu não tenha vontade.

— Então vamos para a minha casa. Com meu carro veloz, estaremos lá num instante, pense na cama, grande, quente e...

— Você é doido.

— Então vamos para a sua casa.

— Eu vou para a minha casa e você volta para o banco. Podemos nos encontrar hoje à noite e tirar o atraso, e eu ainda prometo um pequeno bônus se você me deixar decorar o texto agora...

Ele a solta tão rápido que ela quase cai no chão. Suas pernas ficam inseguras sem suas mãos. Uma sensação momentânea de falta, de lamento e de perda involuntária a toma como um soco no estômago.

Mas ela o deixa partir. Ela é boa em despedidas, e esta nem é uma delas. Será que ela acaba de escutar alguém rindo dela? É o seu novo papel que a ironiza, simplesmente, diria sua mãe. "Não é preciso entender tudo sempre", pensa Dora, e segue apressada para casa.

— Eu te amo — sussurra Klara.

Luka levanta e fica em pé diante dela. Mas ela ainda não o toca. Provavelmente ela acredita que ele segue a regra. Eles se entreolham longamente. Então, Luka sorri e põe os braços em seus ombros.

— O que está cheirando tão bem?

Ela pega sua mão e o leva até a cozinha. Ela é apertada, nada prática e mal equipada para uma excelente cozinheira como Klara. Mesmo assim, ela sempre consegue preparar alguma coisa gostosa para ambos. Ele adora quando ela cozinha para ele. Sente confiança, um consolo. Principalmente quando ela assa alguma coisa no forno. Seja um bolo, sejam legumes gratinados, não importa. O forno exala um calor que não tem nada a ver com o calor real, físico. O lar. O aconchego. O verão na praia. O calor do meio-dia.

— Surpresa.

Eles comem na mesa — que, na verdade, é uma tábua com três pernas bambas, arrumada com bom gosto.

Luka rapidamente fica satisfeito. Não come muito. Gosta de comer, mas não muito. Ele se recosta na cadeira, mas não muito, pois ela poderia quebrar. Luka sorri para Klara, contente. Ela lhe estende a mão. Ele a toma sem hesitar.

— E agora quero dormir com você.

Quando Dora volta para casa, pai e mãe estão sentados na sala, cada um na sua poltrona, olhando para a porta. E nenhum deles diz "eu te amo". É pouco comum o pai, que ganha a vida projetando e construindo apartamentos e casas luxuosas, estar em casa antes das 7, e que sua mãe não esteja almoçando em algum restaurante caro com algum jovem autor promissor que ela gostaria de publicar em sua pequena editora.

— Alguém morreu?

Dora para na porta. Seu pai olha sua mãe, que obviamente não quer devolver o olhar. Ela sorri para a filha, constrangida, como uma criança que fez alguma coisa terrível e sabe disso, mas espera que ninguém se dê conta ou fique bravo.

— Vamos nos divorciar. Simplesmente.

E Luka dorme com Klara. Ele a ama com paixão e desejo, enquanto várias imagens surgem na sua cabeça. Beija a sua boca e anseia por um pincel. Acaricia o seu corpo liso como se fosse uma tela que ele pintasse com os dedos.

— A sua mãe se apaixonou.

O pai fala com um tom de voz irônico, ofendido, incrédulo, lamurioso e levemente irritado. Sem parar, tira os óculos, limpa, recoloca, tira, limpa, recoloca. Tantas vezes que Dora fica tonta. Ela desvia o olhar dele e olha para a mãe, sentada na poltrona e encarando fixamente para a frente, como se estivesse observando um quadro fascinante.

— Vamos nos divorciar. Simplesmente.

— É o que você quer!

— Não quero passar mais um único dia com você. Muito menos uma noite.

— Ah, é! Não diga!

— Acabou, Ivan.

— Eu não aceito isso.

— Não há o que aceitar. É assim.

— Quem diz?

— Eu digo.

— E desde quando você decide sozinha esse tipo de assunto?

— Desde que eu não te amo mais.

Dora sai da sala. Parece um filme muito ruim, pensa, isso vai se resolver. Fecha a porta do seu quarto e não escuta mais nada. Um silêncio pouco natural reina no ambiente. Como se ela fosse o último ser vivo depois do fim do mundo. Ela deita na cama e escuta música. Jazz. Um saxofone e um piano. É tudo que ela precisa. Embora a mãe a ache muito jovem para gostar de jazz, só tem 18 anos, não é possível, simplesmente. Mas ao mesmo tempo é típico para Dora, sempre precisa ser diferente, e às vezes é simplesmente insuportável para uma mãe lidar com uma filha assim. Os sons baixos caem nos seus ouvidos como a maré noturna. Amor, ciúme e morte. Seu peito se estreita.

— Amanhã Ana virá me visitar. — A voz de Luka soa levemente agitada. Klara olha para ele e sorri, ausente, mas contente, como se ainda estivesse presa no momento que acabou de passar.

— Que tal? Gostou do meu novo apartamento?

— Não posso acreditar que você já alugou um novo apartamento. Faz apenas um dia, mamãe!

— Aluguei meses atrás, eu simplesmente precisava preparar tudo, a separação, digo.

— Não quero ouvir nada disso!

Mesmo assim, Dora olha tudo no novo apartamento da mãe. É minúsculo em comparação com o apartamento no qual até anteontem ainda foram uma família. Mas é claro, quente e agradável, e Dora não tem vontade de sair.

— Eu também quero meu próprio apartamento.

A mãe pega sua mão e a conduz até a saleta. Sentam lado a lado no sofá.

— Você sente raiva de mim? — pergunta, baixinho, como se tivesse medo da resposta.

Dora se vira para a mãe e olha para seus olhos marejados. Sorri. Deita a cabeça no ombro da mãe, como se ainda fosse uma menina pequena que está muito cansada, mas ainda não quer ir dormir.

— Eu o amo de verdade.

Dora faz que sim, compreensiva, mas a mãe continua falando.

— E ele me ama.

Dora acredita. Sua mãe é bonita, engraçada e acolhedora. E seu olhar faz qualquer pessoa se sentir grata.

— Ele me ama de verdade.

A campainha toca.

— Devagar, não seja tão intempestiva.

Mas Luka ri e abraça Ana com força, e assim, Ana não pode levá-lo a sério. Ela está pendurada no seu pescoço e o beija. Atrás dela, Toni, o namorado, sorri constrangido. Depois de Toni vem Zoran, com expressão feliz. Na janela está Klara, que observa todos atentamente. Como se não fizesse parte daquilo. E não faz. É uma verdade que surge com inesperada clareza, com a qual Luka não pode se confrontar naquele momento, pois beira a crueldade.

Por isso, ele também dá a mão para Toni e bate nas suas costas fortes de jogador de polo aquático. Algumas lembranças surgem. O cheiro de cloro. Em seguida, ele se vê diante do pai e tem a sensação de estar à beira das lágrimas. Todas as vezes que vê aquele homem é tomado por uma onda de amor, como se fosse algo novo, inesperado, único. Talvez por causa daquele leve aroma permanente de mar, sol, ar fresco, barco, peixe e brisa morna que o pai carrega consigo. E imediatamente surgem imagens na cabeça de Luka que não podem ser apagadas, mas tampouco podem ser retratadas. Uma nostalgia que preenche o estômago faminto, mas que não pode saciar. Pai e filho se abraçam. Não dizem uma palavra. Seus olhares se tocam, e isso basta. Sempre foi assim.

— Vamos jantar. Klara reservou uma mesa no melhor restaurante de Zagreb.

— Já entendi, quer dizer que o velho vai pagar.

Zoran ri satisfeito. Nada lhe dá mais prazer do que gastar dinheiro com os filhos.

— Claro, para que serve um pai que é diretor de hotel?

Klara concorda com um gesto de cabeça e Luka tem uma sensação estranha.

Mas todos riem. Ana abraça Toni e lhe dá um beijo rápido. Aos 16 anos, ainda não é fácil para ela mostrar sentimentos a outro homem diante do pai e do irmão. Luka põe o braço no ombro de Zoran. Chegando à porta, ele se volta, um pouco ausente.

— Klara, você vem com a gente?

— Dora, este é Marc. Marc, esta é minha filha, Dora.

Marc é jovem, bonito, alto, moreno, tem olhos castanhos. Jovem. Sorri para Dora com grandes lábios macios. Jovem. Abraça Helena com um braço musculoso. Muito jovem.

O silêncio dura demais. Dora tem consciência disso, mas não consegue mover os lábios. Não consegue parar de olhar. Não consegue acreditar. Mas depois sim. Quem não se apaixonaria por esse homem?! Formam um belo par. Apesar da diferença de idade. E estão felizes. Radiantes. Entusiasmados consigo próprios. Como que enfeitiçados. Mesmo que nenhum diga "eu te amo". Pelo menos não em voz alta, não na sua frente.

— Queremos te convidar para jantar, e comemorar.

Dora não consegue reconhecer a sua mãe. Observa-a com um misto de constrangimento, desconfiança, entusiasmo e orgulho. E pensa no seu pai, que ainda é um belo homem, mas pelo menos vinte anos mais velho do que Marc. Tem a sensação de que deveria ser solidária com o pai, recusar o convite, ser fria com este homem, condenar a mãe. *Tenho, preciso, quero* e *posso* lutam na sua cabeça como num desenho animado. Ferros de passar roupa voam até seu rosto, frigideiras batem na cabeça, vassouras são engolidas.

— O que há para comemorar? — A voz de Dora treme um pouco, como se ela estivesse esgotada de toda essa atividade *à la* Tom & Jerry.

Helena e Marc se entreolham com jeito conspiratório, mas totalmente aberto. O ar ao seu redor parece brilhar. Dora tem 18 anos e isso decididamente é demais para ela. Pensa em André. Será que também brilham assim quando estão juntos? Ela inspira fundo. Imagina que está em algum exercício teatral especialmente delicado.

— Nós.

A vida pode ser simples assim. Mais simples do que qualquer drama. Do que qualquer coisa que ela já viu no palco. Dora abaixa o olhar, como se temesse as lágrimas. A mãe lhe dá um tempo. Conhece Dora mais do que qualquer pessoa. Conhece a menininha temperamental que não se saciava com nada. Mesmo que agora esteja quase adulta, algumas coisas não mudam nunca. É com isso que ela conta, provavelmente. Ela olha para Marc e lhe dá um sorriso confiante. Dora vê, ou melhor, sabe sem ver realmente.

— Mas eu já tenho compromisso com André. Também íamos jantar. — Seu olhar ainda está vago. Ela conhece bem diversos métodos de ludibriar o público. É como se tivesse uma arca cheia de truques mágicos que ela pode sacar à vontade, quando quiser.

— Vocês têm algum motivo especial? — É Marc quem pergunta. Com sua voz mansa e profunda, que lembra caramelo quente, ainda líquido. Que fica grudado no dente. Se seus olhos fossem verdes...

— Nós — responde Dora, atrevida, erguendo o olhar. Os olhos de Marc sorriem. Negros. Isso é bom. Se fossem verdes, ela não suportaria. Nos olhos de Helena, que também são negros como os de Dora, aparece um ponto de interrogação.

— Então poderíamos comemorar nós quatro, não?!

— Talvez.

— Ah, vamos, *draga*! Faça-nos o favor!

— Vamos ver...

— Ligue logo para André, diga a ele simplesmente que nos encontraremos no restaurante *Chez Moi*, o melhor que existe.

— Bastante novo.

Dora olha para os dois. Não sabe o que deve fazer.

— Vamos convidar papai também?

— Está ótimo!

Todas as bocas estão cheias e todas as cabeças concordam entusiasmadas.

Luka está sentado entre Klara e Ana. De tempos em tempos, sente a mão de Klara em seu joelho. Mas é uma mão comportada, ela se comporta extremamente bem e não caminha.

— Quando é que vocês pretendem se casar?

Como quem não quer nada, porém de forma planejada, Ana lança a pergunta no espaço, entre a sopa de tomate que tem gosto de sol e o ragu de peixe com sabor de alho. Só se ouvem alguns ruídos desagradáveis, um pigarro e uma tosse, depois nada mais.

Luka é tomado por uma sensação que não consegue definir, que o faz imaginar ter ficado surdo e mudo por um momento. Só seus olhos erram como dois canarinhos em uma gaiola apertada demais. Respirar, ele precisa apenas respirar, porque, se deixar os olhos bem abertos e não começar a contar, e continuar respirando...

— Só uma piadinha, irmão! Te peguei!

Ana ri alto, mas ninguém a acompanha. Todos estão um pouco constrangidos e quase envergonhados.

— Você é tão infantil! — Toni nem olha para Ana, apenas balança a cabeça. E Luka olha para os lados no restaurante que, embora novo, continua sendo um reles restaurante socialista no qual, mesmo que a comida seja boa, os garçons não têm vontade de trabalhar e odeiam cada cliente. A morte de Tito não mudou nada. Ou ainda não. Talvez seja melhor assim. A morte de Kokoschka tampouco mudou alguma coisa. Mesmo que Luka não goste de todos os seus quadros, ele reconhece e honra a sua grandeza.

— O que foi, vocês não têm senso de humor?

— Há brincadeiras e brincadeiras. — Zoran lança um olhar sério para a filha.

— Klara, diga alguma coisa, você entendeu a brincadeira, não?

Klara não diz nada. Sua cara quase toca o prato de peixe, embora suas costas estejam eretas, como devem ser as de uma boa dançarina. Luka não gosta de nada disso. Não precisaria ter acontecido. Ele percebe como se contrai e como se dissolve no ar. Como se estivesse ao seu próprio lado, observando a si mesmo.

— Estou grávida.

E Luka dá um longo passeio. Que não pode ser suficientemente longo. A sensação desagradável de não poder tomar uma decisão, nem mesmo a mais certa. Pois Luka está ausente. Como se estivesse morto.

8

A noite é de Dora. São suas flores que quase fazem explodir o salão. São seus amigos que erguem a taça para brindar a ela. Poderia ser o céu. Ou algo ainda melhor. E na tarde do dia seguinte ela terá o primeiro ensaio como atriz profissional. Seu primeiro trabalho. Cordélia. Dora ainda acha que está sonhando. Cordélia, seu primeiro papel. Ela está tão feliz que poderia chorar. Então o mundo gira mesmo em torno dela, assim como ela sempre imaginou. O ano é 1984.

André está ao seu lado. André está sempre por perto. Já faz quatro anos, e hoje o seu rosto está vermelho de empolgação. Ele não para de beijá-la e ela sorri, mas não o percebe inteiramente, pois hoje a noite é sua, ela acaba de passar no exame final — isso, criou, inventou, e todos ficaram sentados, mudos, olhando incrédulos até o primeiro membro da comissão se levantar e começar a bater palmas. Ela também escutou gritos de "bravo", foi abraçada, pessoas falaram com ela, mas ela não estava realmente ali, ainda era Antígona, todo o corpo tremendo. Então, Jeanne a enrolou em um pulôver leve e a levou para tomar ar fresco, daí ela começou a chorar. E, embora a voz de Jeanne estivesse bem próxima, ela não escutou nada; sua cabeça estava cheia de impressões que se misturaram ao sal e ela ergueu a cabeça e olhou para o céu, mas não havia nada, já era tarde, era verão, não havia nuvens, o que a fez chorar novamente. Ela ficou tão triste, um céu sem nuvens, não devia existir isso, ela soluçou alto, e então veio André que a abraçou, a beijou e a levou de volta para sua festa. Quase a carregou, como um troféu.

— Você não vai chorar de novo, vai?

Dora balança a cabeça, mas sem muita convicção. Sua cabeça está cheia de vozes.

— Ótimo, porque tenho algo muito importante para falar.

Será que sua cabeça também está repleta de vozes?

— Podemos falar um minuto a sós?

Não, parece que não podem. Uma voz e uma interminável sequência de números, eis a cabeça de André. Deve ser bom assim. Ela ri como se estivesse bêbada. E ele a puxa para outro cômodo, e ela acena e sorri para as pessoas que estão no caminho. O pai com um copo cheio e outro vazio, a mãe com — que novidade! — cabelos vermelhos, Marc, que lhe prometeu no início da noite escrever uma peça só para ela, olhando para ela de forma tão intensa e séria que ela sentiu um frio na barriga e pensou que felizmente seus olhos não eram verdes. Antoine e sua mulher que sorriem para ela, uma senhora idosa desconhecida que fica de costas para ela... E ela já está no quarto ao lado onde há somente uma cama estreita e uma cadeira que um dia deve ter sido bonita e um monte de casacos leves e xales de seda. As noites de verão em Paris podem ser frescas, nunca se sabe.

— Dora, case comigo!

Será que André gritou mesmo ou apenas lhe pareceu? Ele raramente grita. Pensando bem, ela nunca o ouviu gritar. Não. Nunca.

— Seja minha mulher.

Antes que se dê conta, ela lhe pergunta:

— Por quê?

E, nesse momento, não haveria coisa mais errada no mundo. A cabeça de André cai lentamente, continuamente, e, enquanto Dora procura frases em Antígona e Sófocles que possam aliviar a situação, o rapaz deixa o local. Não corre, nem anda apressado, e mesmo assim Dora não pode freá-lo, não consegue alcançá-lo, mesmo quando ela estende o braço, como se ele estivesse a séculos de distância. Ele foi embora. Na sua noite. Dora acha que nunca vai conseguir perdoá-lo.

Mas não tem muita certeza. Não hoje à noite, quando tudo parece possível e tudo está aberto e tudo está por começar.

Ela olha pela janela. Ainda não há nuvens. Isso ela não lhe perdoará, ao céu ou a André, não está muito claro a quem. Disso ela tem certeza absoluta.

Luka tenta se esgueirar para fora, pois não quer acordar a mulher. Não sabe o nome dela, nem lhe importa. Assim como ontem, anteontem, no dia anterior, e é assim há anos. Maja, Ivana, Anita, Asija, Vera, Branka... Uma selva de nomes que representam apenas um corpo feminino e raramente despertam a vontade de uma segunda vez. Como um saco de jujubas. Mesmo quando a cor não é sempre a mesma e o sabor é diferente, não faz diferença. E ele nem gosta de jujuba.

Luka veste a calça cuidadosamente sem abotoar a camisa, está com pressa. Felizmente é verão, não é preciso muita roupa. Dá para se despir e vestir rapidamente. As mulheres conseguem ser mais rápidas ainda. Basta puxar o vestido para cima. Luka sorri. Vai até o banheiro e tenta não fazer barulho ao urinar. O espelho não é muito gentil com ele. Seus cabelos negros estão compridos demais e seus olhos ainda são verdes, mas estão irritados e cansados. Mas foi bom. Oi e tchau. A de hoje nem foi tão ruim, talvez valesse a pena saber o seu nome, o telefone, qualquer coisa. Luka sorri de novo. Não importa. Nada importa. Ele sai do banheiro e do apartamento e desce a escada correndo.

A noite não está mais tão escura. De repente, uma saudade incomensurável o preenche, uma inquietação. Hoje ele vai para Makarska. Para casa.

O telefone toca. Dora é uma menina corajosa, isso a mãe sempre disse. Corajosa e determinada. Simplesmente. Por isso, ela atende logo.

— Sim?

— Sou eu.

Claro, quem mais poderia ser!

— André.

Sim, e daí?

Longo silêncio.

— Dora, você ainda está na linha?

— Sim.

— Quero falar com você!

Isso não é problema.

— Posso ir aí?

Bem, é isso que você quer!

— A ligação está ruim. Dora, você me escuta?

— Sim.

— Então, posso ir agora mesmo?

— Tudo bem.

— Já estou chegando. E, Dora...

— O quê?

— Nada. Já estou chegando.

Dora desliga o telefone. São 9h52. Ainda é muito cedo. Da janela de seu pequeno apartamento na rue de Médicis, o olhar de Dora para no Jardin du Luxembourg e ela respira fundo. Ama este apartamento e o parque com seu teatro de marionetes, que ela frequenta tanto que já conhece de cor todas as peças e todos os papéis, ama toda essa região na qual tudo que acha importante fica por perto. Sempre sonhou em morar ali e o pai lhe possibilitou isso pagando metade do aluguel, mas Dora tem certeza de que agora isso não será mais necessário, agora que realmente começará a trabalhar, ganhar o seu dinheiro. Ela sorri. A manhã lhe faz bem. Ela se sente bem. E a visita de André não mudará nada.

O ônibus faz a curva e Luka vê a cidade. Mais 15 minutos e ele terá chegado. Faz meses desde que esteve aqui pela última vez. O mar. Ele sente falta do mar. Dolorosamente. É mais fácil respirar quando o mar está próximo. Quanto tempo ele ainda conseguirá suportar essa ausência? E com essa exposição em outubro em Paris, as coisas ficarão ainda mais complicadas. Mas ele sairá de Zagreb. É praticamente uma decisão tomada. Não que tomar decisões fosse o seu forte. Mas agora isso é uma decisão. Porque na verdade nem é decisão, é uma necessidade. Uma falta de alternativas. Parece uma situação em que ele não tem escolha. É disso que ele gosta. Makarska é o seu lugar. Sempre foi. É para onde tudo converge. Onde tudo faz sentido. Tem significado. E o mar. E ele não cogita ficar mais tempo em Paris depois da exposição, nem sequer alguns dias. Christian certamente tentará convencê-lo, sim, mas não há a menor chance. Paris é genial, é uma cidade única para um jovem artista, sem dúvida. Uma oportunidade dessas não aparece todos os dias. Ele está empolgado, preparou quase tudo e, quem sabe, talvez haverá alguns quadros novos. Ele tem muita vontade de pintar. Talvez porque tudo esteja tão claro. E tão rápido, aparentemente. Ou foi só por causa da exaustão, da falta de sono? Não, não pode ser.

Luka se recosta e fecha os olhos. Não vale a pena adormecer, o ônibus já vai chegar. Ele poderá alugar um pequeno ateliê. Deve haver dezenas de sótãos vazios esperando por ele. E mulheres há por toda parte. Afinal, quem resiste a um jovem pintor rumo à fama? Tudo se resolve. Depois da exposição em Paris, ele mudará de volta para perto do mar.

O ônibus entra na cidade e Luka poderia ver a estação rodoviária, se estivesse de olhos abertos. E Klara.

— Sinto muito, entendo, foi o momento totalmente errado, eu sei, não sei por que eu fiz aquilo, você precisa acreditar em mim, precisa acreditar...

Dora está surpresa, mas não quer mostrar, pois também não sabe ainda o que quer fazer e como quer se posicionar em relação a André. Desde ontem não aconteceu quase nada, mas ela refletiu bastante. Ou melhor, não refletiu. Simplesmente intuiu que existem outras coisas e pessoas. Homens. E que existem pensamentos que você não consegue apagar, olhares e expressões que ficam, nos perseguem e nunca nos deixam em paz; então tudo passou e nós nos perguntamos o que aconteceu, apesar de termos percebido tudo. Assim poderia acontecer se ela permitisse. E daqui a pouco ela terá que ir para o ensaio. Agora, ela é uma atriz profissional, tem compromissos, agenda, um papel fantástico para estudar e não pode pensar em mais nada, muito menos agora, quando está no início da carreira e ao mesmo tempo no meio, e já colhe êxitos e sua cabeça consegue lidar bastante bem com todas as vozes. Ela não tem mais medo, como a mãe sempre lhe dizia. Tem apenas 22 anos, pode fazer o que quiser e se casar quando quiser e com quem quiser. Ou não. Tudo está aberto e ela quer ser livre e não se sentir perseguida. André é gentil e simpático e ela também o ama, sim, mas não totalmente. E o que significa estarem namorando há quatro anos quando tudo ainda é possível, a vida é cheia de surpresas...

— Klara?

Klara balança a cabeça e sorri um pouco, como se estivesse feliz com o fato de Luka tê-la reconhecido. Pois seu cabelo ficou mais claro e o corpo bem mais magro, e ela parece ter mais do que 28 anos, como se tivesse passado por tempos difíceis. Como se tivesse estado doente. Durante um bom tempo.

Mas Luka naturalmente a reconheceria sempre. Afinal, ela ficou grávida dele e ele não quis a criança. E ela fez o que ele queria sem que ele tivesse que lhe dizer qualquer coisa. E um dia ele foi embora. Desapareceu. Nunca mais deu notícia, deixou-a sem lhe dizer uma só palavra. Deixou a si próprio e a tudo, envergonhou-se e se desprezou, mas isso não mudou nada. Foi embora. E depois ela também foi embora, voltou para Makarska, o lugar em que se sente em casa, e ele também — engraçado terem se conhecido só em Zagreb, isso sempre o incomodou, como se estivessem mais separados do que ligados pelas raízes em comum. E agora ele está aqui e ela diante dele, como se nada tivesse acontecido. Aliás, o que ela está fazendo aqui na rodoviária e como sabia que ele viria e quando?

— O que você está dizendo, *Dorice*?

André pronuncia *"Dorice"* exatamente como sua mãe sempre fazia quando ela ainda era pequena e o faz até hoje, principalmente quando quer algo dela. Mas Dora não tem a menor ideia do que André disse e que espera dela agora. Por isso, sorri constrangida e está prestes a perguntar sobre o que ele está falando quando André a abraça apaixonadamente e sussurra "eu te amo, eu te amo". Como se alguma coisa tivesse sido decidida, enquanto ela estava com a mente ausente.

— Ana me disse que você chegaria hoje.

Klara dá mais um sorriso.

E, de um momento para o outro, Luka se sente indescritivelmente cansado, tanto que também só consegue sorrir, um sorriso breve e fraco, mas é um sorriso. Tem saudade de sua cama, de um bom sono reparador. Quer estar só. Tira sua bolsa do bagageiro do ônibus fedorento e começa a caminhar. Klara caminha a seu lado, e seu braço direito sem manga — é verão — roça o seu de vez em quando. Caminham juntos como se pertencessem um ao outro, apesar de não terem se visto durante anos. E esses anos de separação são mais numerosos do que aqueles que eles passaram juntos.

A bolsa de Luka é velha e azul-escura e já passou por muitas viagens de ônibus, mas Luka não tem vergonha dela e não a escondeu numa sacola de plástico. Nunca mais haverá de querer esconder coisa alguma.

A mão de Klara toca no seu braço, e eis que, contra a sua vontade, o passado surge. O passado que ele acreditava estar resolvido.

9

Luka vê a jovem que acaba de entrar. Seus cabelos negros, longos e ondulados. E brilhantes. Como as escamas azul-escuras da cavala que precisa sempre ficar em movimento para não afundar — Luka acha que é por causa da bexiga natatória que ela não tem, mas não tem certeza. Assim, essa jovem alta e esguia também é cheia de movimentos, até quando não se mexe, e ele não consegue desprender o olhar dela. Tem medo de que ela possa afundar.

Cheia de expectativa — está sem convite e nem sabe o que irá ver —, Dora entra na galeria do seu amigo Christian e olha à sua volta. Um jovem alto está no bar improvisado e a observa. Dora nem liga. Tira o casaco. Não quer que André lhe ajude enquanto o jovem alto a observa.

— O que foi, Dora? — André se espanta. Desde a proposta de casamento, ela se sente constantemente observada por ele, como se ele não confiasse nela.

— O que foi, Dora? — repete.

Dora não diz nada e balança a cabeça, que de repente está tão oca e cheia e ao mesmo tempo vazia e parecendo um balão de festas e quente e leve e trêmula e transparente. Ela cerra os olhos. Assim, ela fica parada. Imagens vêm em ondas, quase a atropelam.

— O que foi, *Dorice*? — pergunta André pela terceira vez. Impaciente, agora.

Luka não se mexe. Encostado no pequeno bar, prende a respiração. Tem medo de que a jovem possa desaparecer se ele relaxar os músculos e respirar. Ele a encara até os olhos começarem a lacrimejar. Neste momento, a sua lembrança se evapora e ele despenca no chão. Nem teve tempo de contar. Desaparece aos poucos. Como as imagens de um livro cujas folhas ele solta bem devagarzinho.

Dora é a primeira a correr para perto do jovem desmaiado. Já viu aquilo uma vez. Já vivenciou. Agacha-se, ficando minúscula. Seus olhos se expandem até seu rosto, muito pálido, parecer tomado por eles. Sua cabeça se inclina sobre a do jovem e, antes que Christian, que a convidara para essa exposição de um "artista croata talentoso", possa se ajoelhar do outro lado e suspender as pernas do garoto, Dora beija sua boca vermelha.

— Dora! — exclama André, horrorizado. Sem tempo para apelidos!

Luka escuta uma voz baixinha junto do seu rosto.

— Tu és minha bela adormecida, acorda, só minha, desperta, tu és o meu príncipe, só meu...

Aos poucos, outras vozes e palavras chegam ao seu ouvido e, confuso e fraco, ele abre os olhos e vê os olhos dela, ela sorri, seus lábios se movem sem emitir um som, ele não consegue dizer nada, portanto, devolve um meio sorriso e, tímido, ergue seu braço e sua mão alcança seu rosto e ele toca seus cabelos negros e longos e ela volta a sussurrar, bem baixinho, tão baixinho que apenas sua boca se move:

— Tu és o meu príncipe.

10

— Nem posso acreditar!

— Preciso olhar para você sem parar.

— Eu também.

— Você é linda.

— Seus olhos. Eles sempre me perseguiram.

— Não sei o que dizer.

— Seus quadros são arrasadoramente lindos!

— Sim, são bons.

— Naquela época eu já achava seus quadros lindos.

— Mas nós ainda éramos crianças.

— E agora, uma exposição individual em Paris!

— Faz 16 anos!

A vida só existe neste momento. Atemporal. Dora sabe. A recordação é um coquetel de coisas vivenciadas e ouvidas e no lado açucarado do copo há uma rodela de limão. Difícil separar os ingredientes. Mas este homem. É Luka. Já naquela época era um artista. Fez o seu retrato. Pintava sem parar. Dora consegue lembrar tudo. Tudo que ela imaginava estar perdido! Este é Luka! Um menino com um estojo de lápis de cor. E agora ele faz uma mostra individual em Paris! Ela está sentada à sua frente, mas na verdade está dentro dele. Bem dentro. No passado. Este é Luka!

— Como vai você?

— Virei atriz.

— É mesmo?

— Estou fazendo o papel de Cordélia.

— Isso é bom?

— É maravilhoso.

— O que vamos fazer agora?

— Nenhuma ideia.

— Então vamos ficar sentados aqui.

— Tudo bem.

— Você tem tempo?

— Todo o tempo do mundo.

— E aquele homem?

— Que homem?

— Que não para de olhar para você.

— Não o conheço.

— Tem certeza?

— Não conheço nenhum homem por aqui.

— Mas...

— Truffaut morreu.

— Quem?

— Truffaut.

— Não conheço.

— Faz algumas semanas.

— Um amigo seu?

Luka quer estender a mão para tocar Dora, sua pele branca que brilha de maneira exótica sob a luz vermelha do bar, mas ele tem medo. Portanto, sua mão treme sem parar. Pois este medo é imenso. De quê, isso ele não sabe. Não tem mais medo de que ela possa submergir, disso tem certeza. Apenas quer que ela continue sentada ali, olhando para ele e mexendo a boca sem nunca parar de sorrir e de falar e de fazer perguntas. Enquanto ele coloca a mão na barriga. Talvez seu temor seja de que aquele homem venha e a leve embora. Antes que possa despi-la. Mas ela nem o conhece, foi o que ela disse. Ela vai continuar ali para sempre, sentada ali, tão bela, sorrindo para ele, falando com ele. Seu corpo ganha vida própria e ele não entende nada. Apesar de tudo estar tão claro.

— Tenho medo.

— De quê?

— Não sei.

— Venha, me conte.

— Daquele homem ali.

— Mas isso é ridículo.

— E se ele vier e te levar?

— Isso ele não pode fazer.

— Ainda bem que pelo menos esclarecemos isso.

— Sim.

Dora vê lágrimas em seus olhos e sorri, pois a vida é linda. Luka. Era este o nome! E tudo voltou a fazer sentido. Ela esperou e ele veio, um homem de verdade, não um menino de 9 anos com os músculos ainda em crescimento, não, ele está irresistível, e suas mãos ficam úmidas, e tudo está em ordem, e a vida pode deslanchar. Ela já sente a sua boca em sua pele e milhares de pelicanos batendo asas — como no documentário que ela viu na televisão — tomam a sua barriga de assalto e tudo está tão claro e ainda bem que ela disse "não" para André.

— Não — disse ela, e ele afirmou que não havia pressa, que ele tinha tempo.

E agora tudo passou, a espera terminou, não há mais mistérios e tudo faz sentido, em alguns meses será a estreia e Luka chegou e é tão lindo e a vida é tão fascinante. E já faz tanto tempo, é assim, ao mesmo tempo não é, e foi uma outra vida, mas não existe outra vida, e isso é inimaginável e Luka está aí. E ela não está mais úmida — está encharcada.

— Vamos sumir daqui.

11

Dora abre a porta e Luka entra no seu apartamento. Ele dá alguns passos e ela tranca a porta. Ele se vira. Dora tira o sobretudo e o pendura, mas ele cai do gancho e ela não o recolhe do chão. Seus olhos são incapazes de olhar para qualquer outra coisa. Dora dá um passo em sua direção. Luka se concentra na sua respiração. Ele conta. Ela coloca as mãos em suas bochechas e seu rosto está tão próximo que Luka mal consegue enxergá-la.

— Respire. — Ele escuta e obedece.

— Respire. — Ele escuta e se sente de repente como se fosse voar. Como uma gaivota que flutua no calor sobre o mar sem mexer as asas, sustentada pelo ar, segura e destemida.

E tudo o que se segue acontece de um jeito tão natural e óbvio, mesmo se os dentes se tocam num primeiro momento e os narizes também, buscando se acomodar. Mesmo se eles dão risada porque seus braços dão um nó e as mãos não conseguem logo encontrar a pele por baixo de tanta roupa (é novembro!) e eles não têm certeza de onde estão e o que exatamente está por baixo deles, esta é uma viagem que não se pode pagar nem reservar, como Júlio Verne, e de onde ninguém em sã consciência jamais vai querer regressar.

Está escuro no apartamento. A única luz vem da rua, fortemente iluminada pelo tráfego intenso. Mas ou Dora e Luka têm olhos de gato, ou então são dois cegos que aprenderam há décadas a confiar em outros órgãos sensoriais.

E seus lábios são incansáveis. Seus corpos estão por toda parte. Eles são inseparáveis. E a dor eventual desperta ainda mais desejo por mais pele. Marcas e manchas arroxeadas são vistas como troféus. Com orgulho. E tudo é novo e nunca vivido, e mesmo assim tudo parece tão em ordem. Ou por isso mesmo. Dora solta um suspiro breve e fundo. Luka a abraça ainda mais forte. Ele a segura como se fosse uma boia.

— O que foi? — pergunta ela, sem fôlego.

— Agora crescemos.

— Não há dúvida.

— E eu...

— ... amo só a ti e sempre a ti por toda a minha vida tu és o ar que respiro a batida do meu coração és infinita dentro de mim és o mar que vejo colocaste na minha rede os peixes que pego tu és o meu dia e a minha noite e o asfalto sob os meus sapatos e a gravata no meu pescoço e a pele no meu corpo e os ossos sob a minha pele e o meu barco e minha refeição e o meu vinho e os meus amigos e o café matinal e meus quadros e meus quadros a mulher no meu coração e minha mulher minha mulher minha mulher...

— O que foi?

— Nada. Meu braço ficou dormente.

— Não faz mal.

— O que aconteceu aqui?

— Eu te amei. Um estranho total.

E novamente ela ri.

— Bem, não sou tão estranho assim.

— Verdade. Mas aquilo faz mil anos, éramos crianças, não sabíamos de nada.

— Errado. Eu naquela época já sabia tudo o que sei agora. Tudo.

— Isso também?

Dora ergue a cabeça e olha para ele de lado, curiosa, enquanto seus dedos acariciam suas costelas. Luka se arrepia.

— E isso?

A boca dela deita na sua barriga, e antes que sua língua o alcance Luka geme e a afasta suavemente.

— Eu te amo.

A vida é tão fácil.

— E eu te amo.

A vida é tão fácil.

A escuridão cede lugar a um dia cinzento e cheio de neblina em Paris. E todos disseram "eu te amo."

— E quem era aquele homem na galeria?

12

Luka passa três meses com Dora em Paris.

— Não quero ir embora — diz Luka no dia seguinte. Dora está em seus braços. O mundo está mais do que perfeito.

— Não vá embora nunca mais.

A voz de Dora é sonhadora e termina em algum lugar no seu ombro.

— *Eu* nunca fui embora.

— Aquela vez não valeu, eu ainda era criança e não tive escolha.

Sua voz é de quem vai adormecer daqui a pouco.

— Talvez, pode até ser, mas eu fiquei mesmo assim e você partiu, e *isso* nunca mais vai se repetir.

— Muito bem, combinado. E você nunca mais poderá ir embora, mesmo que isso nunca tenha acontecido.

A voz de Dora ficou inaudível.

— Combinado.

— Maravilhoso.

— E como faremos? O que faremos agora?

A voz de Luka está muito mais desperta do que a dela.

— Dormir.

Dito e feito.

Luka está morando com Dora.

— Gosto do seu apartamento, tão grande e quente. E cheiroso.

— Luka perambula pelo apartamento, as mãos no bolso da calça, toca tudo com o olhar.

— É o meu cheiro. Meu cheiro misturado ao seu.

Dora o segue, as mãos enfiadas nos bolsos da calça. Da calça dele.

— Mas ele não é grande. É um apartamentinho de estudante.

Luka ri.

— O que foi?

— Você não tem a menor ideia do que é um apartamento de estudante e de quantas pessoas poderiam morar nele.

Ele se vira, olha para ela, e seus olhos estão cheios de ternura e de admiração. Como se sua inocência fosse algo valioso, único.

Luka dorme na cama de Dora.

É uma cama de viúva, para uma pessoa e meia. Luka nunca conseguiu entender isso. Como assim, uma pessoa e meia? Que pessoa é essa?! Mas é confortável e eles não conseguem deixar de se tocar durante a noite.

— Eu nunca consegui adormecer abraçado assim com alguém. Jamais suportei sentir a respiração de outra pessoa no meu pescoço.

— Você se tornou um novo homem, e isso em tempo recorde.

Ela sorri e o beija.

— Não, eu finalmente me tornei quem sempre fui. Mas sem você...

— Isso mesmo, note bem: sem mim só existem três pontinhos.

Eles se entreolham e tudo está certo.

Às vezes, Luka acorda na cama de Dora e não sabe mais onde está. Acha que ainda está em Zagreb, na cama de alguma mulher que conheceu na noite anterior, mas então o seu nariz também acorda e ele sente Dora, seus cabelos com cheiro de palco e sua pele com cheiro de rosas — é seu creme noturno, ela afirma que uma atriz precisa cuidar da aparência mais do que outras mulheres — e tudo isso acontece em pouquíssimos segundos, e ele a apalpa, abraça, ela às vezes apenas murmura algo ininteligível para ele ou outro visitante de seus sonhos, ou então o acaricia e eles se amam sonolentos e de olhos semiabertos.

Luka almoça na pequena sala de jantar de Dora.

— Está ótimo — diz Luka, servindo-se novamente.

— Sim, quando tenho vontade, eu consigo cozinhar.

A boca de Dora está cheia e eles riem. Riem muito. Nunca duas pessoas riram tanto juntas.

— Como se chama a receita?

— Acabei de inventar.

— Mesmo assim, a receita precisa ter um nome.

— Por quê? Todos os seus quadros têm nome?

— Claro. Sem nome não dá certo, nem poderia vendê-los.

— Mas eu nem quero vender minhas criações culinárias!

E eles voltam a rir, e assim continua, sempre riem. Como se seus corações e suas mentes tivessem voltado a ter 6 e 9 anos de idade. No máximo.

— Isso não tem importância. Se amanhã eu precisar contar para meus admiradores, compradores e jornalistas, que nunca me deixam em paz, qual é o meu prato predileto, o que devo dizer? Ah, sabe, existe um prato com muitos legumes, queijo de cabra acompanhado de arroz e o molho é bem escuro, provavelmente tem tomates e vinho tinto...

Enquanto fala, Luka faz caretas engraçadas, exagera e eles riem.

— Bem, se é assim, vou batizar este prato de Lukazzoni, com "k", é claro!

Ela faz uma reverência, ele aplaude e eles se sentem felizes, mais do que naquela época, quando tinham 6 e 9 anos de idade.

Luka passeia pela cidade com Dora.

Todos os dias ela propõe um passeio. Eles se agasalham bem, pois a primeira neve chegou, mas resistem ao frio com narizes vermelhos e queixos congelados. Isso acaba com a vontade de rir! O frio dói tanto nas narinas que não dá mais vontade de respirar. O que naturalmente poderia ser um problema. Eles se esfregam as orelhas mutuamente e sopram o hálito quente no rosto um do outro. Dora sempre tenta se esconder no casacão de Luka, mas então tropeçam e não raramente acabam caindo no solo duro. Então, tentam rir, mas não dá. Tudo congelado. Duro como pedra. Sem tato. Então, apressam-se e se refugiam num ambiente quentinho.

Mas, às vezes, o céu não está tão cinzento e o sol tenta aparecer; só há algumas nuvens que se movimentam lentamente e então Dora e Luka se entreolham conspirativamente, um pouco constrangidos quando se pegam nesse jogo.

— Olha, *O Pensador*!

— Nossa, agora você exagerou, *mademoiselle*!

— Mas é ele, olhe rápido, antes de o vento modificá-lo.

— Sim, por exemplo, em uma catedral cuja torre está destruída, deve ter sido uma bomba.

— Não conte histórias, são figuras, não são histórias. Imagina, uma catedral! Não é possível simplesmente inventar isso, precisa estar certo, senão não se precisa ter nuvens...

— Agora lembre! Era igualzinho!

— Como assim, era igualzinho?

— Se não for como você quer...

— Como assim, se não como eu quero?

— ... você ou fica triste e chora...

— Eu jamais choro!

— ... ou fica com raiva e não quer mais brincar comigo.

— Você é tão infantil, isso é uma idiotice. Não posso acreditar que esteja realmente pensando isso!

Dora se vira e se afasta com passos rápidos e cabeça baixa.

— Veja só. De novo.

Ele ri e grita.

— Vamos nadar? Até as rochas?

Luka deixa que Dora o guie e lhe explique tudo.

Primeiro, ela lhe mostra o Cemitério de Montmartre. Passam incontáveis horas ali. Dora quer que ele conheça o túmulo de todas as pessoas famosas, desconhecidas para ele, adora aquelas pedras frias e cinzentas. A boca de Dora é cheia de nomes grandiosos pelo mero fato de ser ela quem os pronuncia.

Seguem todas as atrações da cidade, o que, em Paris, como se sabe, não tem fim. Como se a cidade inteira consistisse apenas em prédios famosos e monumentos fascinantes! E como se atrás de cada porta tivesse acontecido um evento histórico importante, e como se em cada casa tivesse nascido uma personalidade famosa! Luka fica cansado apenas de pensar no dia seguinte e em seus segredos que nem são segredos, pois podem ser encontrados em qualquer um dos incontáveis guias de viagem. Às vezes, ele prefere não fazer nada, simplesmente poder fechar os olhos e produzir as imagens próprias na sua cabeça. Mas, no fim, ele não consegue fugir ao charme dessa cidade extraordinária e se rende a ela como Dora e milhões de outras pessoas do mundo inteiro. Embora, para ele, exista apenas um motivo: é a cidade de Dora.

Luka espera Dora quando ela está no teatro.

Às vezes, ele deixa que ela saia sozinha, dá-lhe um beijo, abraça-a pela última vez, mexe com seus cachos e vê como ela sai pela porta de casa, ou então a leva até o prédio do teatro. Nesses momentos, é como se sua vida parasse. Restam-lhe apenas os incontáveis olhares para o relógio, que parece estar sempre parado.

Ele poderia aproveitar o tempo e ligar para seu pai, por exemplo, ou para Ana. Contar para eles o que aconteceu. Mas não quer. Principalmente, não quer pensar nos motivos pelos quais não o faz. Por isso, prefere ficar olhando o relógio, que mais uma vez parece ter parado.

Mas um belo dia, numa dessas horas intermináveis de solidão, ele tropeça em alguém que o faz esquecer a espera: Pablo Neruda. Luka nunca ouviu falar nesse poeta, mas o encontra na estante de Dora. *Os versos do capitão* e *Cem sonetos de amor*. Luka nunca gostou muito de poesia. Nunca teve afinidade. Mas esses poemas o atingem na medula como o *jugo*, aquele vento sul de chuva da Croácia que dificulta a respiração, ao mesmo tempo que fascina — a toda hora voltamos a cabeça em direção ao vento para que ele nos toque e envolva. *Tira-me o pão, se queres, / tira-me o ar, porém nunca / me tires o teu riso.* A poesia pode ser tão simples. Ele não sabia disso. *Amor meu, / nós dois nos encontramos / sedentos e bebemos / toda a água, todo o sangue, / nos encontramos com fome / e nos mordemos / como o fogo morde, / abrindo-nos feridas.* Tão compreensível, tão claro. *Porém, / se cada dia, / cada hora, / sentes que a mim estás destinada / com doçura implacável. / Se cada dia se ergue / uma flor a teus lábios me buscando, / ai, amor meu, ai minha, / em mim todo esse fogo se repete, / em mim nada se apaga nem se esquece, / do teu amor, amada, o meu se nutre, / e enquanto vivas estará em teus braços / e sem sair dos meus.* Luka não tem a menor dúvida: Neruda conheceu Dora e Luka e escreveu esses versos só para eles. Ele quer aprender espanhol para poder ler essas palavras na língua do poeta. Mal consegue esperar Dora chegar em casa para que possam ler os poemas um para o outro. Como uma conversa interminável.

Luka ajuda Dora a decorar seu texto.

E Dora morre de rir.

— Você não consegue, não fala francês!

Ela beija a sua boca, cada ruguinha, cada cantinho.

— Naturalmente posso, ouça!

Então, ele produz uma série de sons que não significam nada e nunca significarão, quase canta em sua tentativa de soar francês. E Dora ri até chorar.

— Estava certo, não?

Dora olha para ele, apaixonada, acariciando o seu rosto.

— Aliás, eu nem preciso falar francês, basta seguir as suas palavras para poder soprar o texto, se precisar.

Ele fixa o texto incompreensível diante de si e uma longa ruga aparece entre suas sobrancelhas.

— Muito bem. Então, o que espera ainda? Vamos, meu capitão! E não seja tão severo comigo quando eu esquecer uma palavra.

— Você verá, eu sou impiedoso! O castigo será terrível, cuidado...

E o que fazem? Riem, claro. Como se fosse uma doença incurável.

Luka assiste aos ensaios de Dora.

Às vezes, ele pode fazer isso. Então, fica na plateia, bem atrás, quase na última fileira, assistindo. Parece uma recompensa especial, mesmo que ele mal compreenda o texto — naturalmente ele conhece o assunto, mas não entende o que os atores dizem no palco! Mas isso não o incomoda nem um pouco, pois ele pode assistir Dora, escutá-la, admirá-la, até mesmo ficar com um pouco de ciúme do velho rei que, no final, abraça-a longamente. Ciúme é um sentimento inteiramente novo para Luka, principalmente quando se trata de mulheres. Ele se lembra muito bem do primeiro dia de Dora do jardim de infância e de sua bolsa linda, incomparável, maravilhosa. Sim, ele teve ciúme. Na verdade, teve inveja. Sim, ele também queria aquela bolsa, não o incomodou o fato de ser de Dora. Mas agora fica incomodado com o fato de aquele homem velho poder abraçá-la, até precisar abraçá-la. Que isso seja parte de sua profissão. Ele engole saliva. O que ainda virá pela frente? Beijos, carícias, cenas de nudez?! De repente, ele se sente mal, precisa sair correndo para o banheiro, molhar o rosto, jogar água nos olhos para que eles jamais voltem a ver tais imagens. Que vivem apenas na sua cabeça.

— Então, como foi? Como fui no palco? Gostou?

Sua resposta é um longo silêncio. Antes de abraçá-la e segurá-la com força.

— Também te amo, *ljubavi moja jedina.*

Com ajuda de Christian, Luka até encontra um pequeno ateliê que subloca para poder passar várias horas por dia pintando.

Sim, ele consegue e fica feliz com isso. Mas só faz isso quando Dora está ocupada, quando ela não tem tempo para ele. E talvez por isso mesmo, porque Dora raramente não tem tempo para ele, pinta rápido, bem rápido. Jamais pintou tão rápido. Ele poderia pintar de olhos fechados, o quadro sai sem esforço de dentro dele, como se fosse uma fotografia, bastando apertar um botão, e já está pronto. Luka fica encantado com este novo jeito de encher as telas com cores. Tudo isso é uma gigantesca surpresa, e ele gosta de se surpreender, examina o quadro pronto e nunca viu nada igual, algo indescritível está surgindo ali, diante de seus olhos, com seus pincéis diferentes. E mesmo que Luka nem sempre saiba o que é, ele sabe que é bom, muito bom até. Como sua nova vida. Ele sabe que neste momento é tudo aquilo que ele jamais será.

Com ajuda de Christian, Luka consegue vender dois quadros.

Mas meio a contragosto. Pois os dois quadros são as suas obras preferidas, seu pulso acelera quando ele os observa, e queria muito dar de presente um deles para Dora. Mas o comprador quer exatamente aqueles dois e Luka concorda, pois precisa de dinheiro para si próprio, para Dora, para tudo o que está por vir. Muita coisa está por vir, ele tem certeza, e por isso quer estar preparado, dinheiro não deve lhes faltar, nada pode dar errado só porque não têm dinheiro, absolutamente nada. Ele está confiante que conseguirá vender todos os seus quadros em Paris e dá essa missão a Christian.

— Não quero que sobre nada quando voltarmos para o mar, venda tudo!

Christian fica surpreso, ergue a sobrancelha, uma linha fina meticulosamente feita — fruto de uma daquelas apostas infantis que só acontecem entre homens solteiros de meia-idade.

— Dora vai deixar Paris?

— Claro, depois da estreia, quando... Não sei, acho que sim.

Inseguro, ele olha para o amigo, esperando concordância.

— O que você acha? Ela virá comigo?

— Não sei. Mas não consigo imaginar isso.

Sua honestidade cai sobre Luka como um balde de tinta preta. Ele começa a contar. Mas Christian, que conhece um pouco as rotas de fuga do amigo, está ao seu lado e coloca a mão no braço de Luka.

— Simplesmente continue, tudo ficará bem.

Portanto, Luka pinta, Christian vende e Dora está mais do que feliz.

Luka frequenta exposições e museus.

Às vezes, vai sozinho, outras com Dora. Ela conhece muita coisa. Passam muitas horas por dia no Louvre. Ficam sentados ou em pé diante das obras-primas de todas as épocas, em silêncio. Qualquer palavra seria excessiva. São principalmente os impressionistas das coleções Jean Walter e Paul Guillaume no recém-reformado e inaugurado Musée de l'Orangerie que eles não se cansam de ver. Quantos nomes! Luka conhece todos, são como velhos amigos, como se desde sempre o tivessem acompanhado pela vida afora, estando sempre ao seu lado, guiando-o. Luka fica quase em êxtase. Seu aperto de mão machuca Dora, mas ela não reclama. Sabe bem como é estar cega, muda e surda de tantas emoções. Possuída. Movida por paixão.

— Eu sou como eles — diz Luka, baixinho. — Sou como eles.

Luka janta com Dora em pequenos restaurantes aconchegantes com cozinha excelente.

É uma arte, essa comida. Ela o faz lembrar seus quadros, essas combinações especiais de cores que às vezes surgem por acaso, mas das quais — às vezes, por isso mesmo — surge algo inesquecível. Ele prova tudo, é curioso. Tenta pedir tudo sozinho, e os garçons, dependendo da categoria do estabelecimento, sorriem, riem ou ficam ofendidos quando ele pronuncia o nome dos pratos. Parece francês — Luka tem bom ouvido e, afinal, já está ali há algum tempo —, mas não significa nada. Ele morreria de fome se não fosse por Dora.

— O que eu faria sem você?

— Morrer.

E tudo fica claro.

Dora lhe dá um Neruda em espanhol.

Luka é apresentado a Jeanne, a melhor amiga de Dora.

E a Papou, claro. Os quatro vão passear no Parc Monceau, as jovens lhe contam histórias engraçadas da sua infância, riem muito, e Luka fica com inveja, gostaria de ter passado esses momentos com elas. E embora Papou já esteja velho e mal consiga se mexer, não é difícil para Luka imaginar como o cachorro deve ter sido temperamental. Imagens surgem na sua cabeça, algumas delas também no ateliê, depois. Ele presenteia Jeanne com um dos quadros e Dora com outro.

— Dora nunca falou de você. E olhe que sou a melhor amiga dela!

— Eu simplesmente o havia esquecido.

Dora não está mentindo. Ao falar, lança um olhar amoroso para Luka.

— Você não quis mais se lembrar de mim — corrige Luka.

— Não consigo entender isso.

Sentada entre os dois no restaurante, Jeanne olha de um para o outro.

— Teria sido muito doloroso pensar nele. Eu achava que não conseguiria sobreviver. Portanto, esqueci!

A voz de Dora falha e Luka olha para ela, preocupado.

— Mas agora estou aqui. E ficarei.

Ele estende o braço e toca o seu rosto, e Dora encosta na sua mão. Fecha os olhos. Um sorriso passa pelos seus lábios como uma leve brisa.

— Que história louca — suspira Jeanne e pede mais uma taça de vinho. Uma taça? Não, uma garrafa! Para todos.

Luka visita a mãe de Dora.

— Não, não acredito!!! Como num romance de folhetim! E eu teria te reconhecido, sim senhor. Ainda vejo em você aquele menininho, principalmente nos olhos. Dora, me diz, quem é que ele lembra com esses olhos tão verdes, tão profundos e verdes? Dora, o que você me diz? E os seus quadros, simplesmente fantásticos, como se fossem de outro mundo! O que você acha de uma pequena monografia sobre sua obra? Não seria uma ótima ideia? Bem, eu ainda não consigo acreditar. Depois de tantos anos, isso não acontece todos os dias. Gente, é algo extraordinário. Marc chamou isso de afinidade eletiva quando eu lhe contei, você precisa conhecê-lo. Luka, vocês vão se dar muito bem, são todos artistas! Dora, imagine, vocês são dois artistas! Que alegria revê-lo. Quando lembro como vocês eram inseparáveis, grudados como dois macarrões que cozinharam muito tempo! Maravilhoso!

Precisamos nos ver mais, fazer coisas juntos. Estou tão feliz com esse reencontro. Está certo assim. Simplesmente certo. Naquela época, eu pensei... Não, não vamos mais falar disso, agora que tudo está em ordem novamente. Sim, minha *Dorice*, naquela época não foi fácil...

Luka visita o pai de Dora.

E depois do segundo copo de conhaque, Ivan sorri, constrangido.

— Bem, essa é uma história insólita.

Ele serve um terceiro copo. É generoso com aquele precioso líquido.

— Tem certeza de que não quer?

Ele aponta com a cabeça para a garrafa.

— Não, obrigado. Só tomo vinho, mas não agora, não quero passar vergonha diante do senhor...

Luka sorri, também está um pouco constrangido. Procura a mão de Dora e a aperta levemente. Ela está lá. Ainda bem.

— O que pretende fazer? Quais são os seus planos?

Ivan volta a sentar na velha poltrona, que há 16 anos era novinha em folha e estava na moda. Hoje, não é nem uma coisa nem outra. E Dora sabe que, por isso mesmo, combina muito bem com o seu pai, o que é doloroso.

— Não sei. — Luka olha para Dora e sorri. — Ainda não falamos sobre isso.

Dora sorri de volta. Se não estivessem tão genuinamente apaixonados, esses sorrisos seriam excessivos.

— Pergunte algo mais simples, *tata*.

Dora se esforça para não ficar triste na companhia do pai. Por isso, tenta disfarçar a sensação de tristeza, ela sabe isso, é o seu *métier*. Luka sabe disso. Mas por esse desempenho não ganharia nenhum prêmio.

— Quanto tempo pretende ficar em Paris?

Ivan olha para os dois como se quisesse dizer: então, fica mais fácil assim?

Dora ri, levanta e lhe dá um beijo na bochecha. Luka balança a cabeça e seu olhar fica no tapete branco, que revela muitos traços.

— E o que me diz da catástrofe na Índia? Quatro mil e quinhentos mortos, imagina isso!

E Luka ama Dora.

Com toda a sua vida. Esse amor não é comparável a nada. Nada do que ele já conhece. Ele pensa naquele menininho e na sua melhor amiga, quando ainda não sabia que pessoas podiam simplesmente desaparecer do nada. Mesmo quando isso é anunciado. Não muda nada. Quando vão embora, vão embora. Deixam de existir. Naquela época, havia imaginado em algum momento que fosse revê-la? Não sabe. Mas agora ela está ali e ele também e tudo está bem. Pois Dora o ama. E ele ama Dora. *Antes de te amar, nada me pertencia / me perdi entre ruas e coisas: / nada tinha um nome e nada mais importava. / O mundo era feito de ar, como eu suspeitava.* As lágrimas sorridentes de Dora são o pão e a água dele. E ele não se surpreenderia se começasse a escrever poesia. Ainda? Nada melhor que Neruda. Tudo está dito. Nunca se deve tentar querer melhorar algo que é perfeito.

E Luka está feliz. Tão feliz quanto se deve ser quando se quer estar feliz. Nem pensa em Makarska. Quase tudo o que ele quer e precisa está aqui ao seu lado. Só falta o mar.

Algumas semanas depois da exposição, Luka acaba ligando para o pai.

— *Tata*, sou eu.

Segue um silêncio constrangido.

— Luka, *sine*, como vai? Tudo bem?

A voz tranquila de Zoran.

— Muito bem, não se preocupe.

— Bom.

— Como vai o hotel?

— Não acontece muita coisa. Mas para o Réveillon teremos quase cem pessoas, todos querem comemorar aqui.

— Mas isso é bom.

— Sim.

— Para os negócios.

— Claro.

— Você foi pescar?

— Sim, no final de semana passado.

— Como foi?

— Ruim. Péssimo.

— É assim de vez em quando.

— Sim, eu sei.

— Então.

— Até lá, *sine*.

Luka liga só mais uma vez para Makarska. Para Ana. Outra história, bem diferente.

— Sou eu.

— Luka, onde você está? O que está fazendo? Quando volta? Ana quase não consegue falar de tão agitada.

— Não sei.

— O que aconteceu? Onde você está?

— Continuo em Paris.

— O que está fazendo aí? Você não queria voltar no máximo duas semanas atrás?

Quase uma reprimenda.

— Eu sei.

— O que quer dizer com "eu sei"? Volte, simplesmente!

— Veremos.

— O que quer dizer isso agora!?

— Eu volto a dar notícias.

— Você deveria ligar para Klara. Ela não diz nada, mas está enlouquecendo de preocupação. Você não pode simplesmente sumir assim.

— Eu volto a dar notícias.

— Luka, o que foi? O que aconteceu?

— Não posso te explicar agora, assim por telefone...

— Então volte! Assim não dá!

— Está tudo bem, Ana. Realmente.

— Mas não parece.

— Eu volto a dar notícias.

— Não se esqueça de ligar para Klara!

— Até logo, Ana.

Ele não liga para Klara. Naturalmente não ligará. Não existe Klara. Klara é outra vida, não a dele. Sua vida é Dora. Mas ele não diz nenhuma palavra sobre Dora. Quer conservá-la para si o máximo de tempo possível.

E durante todo esse tempo ele a ama. Apaixonadamente. Incondicionalmente. Inteiramente.

13

O homem da galeria ligou logo na manhã seguinte. Várias vezes. Dora o reconheceu pela insistência do toque. Apressado, impaciente e descontrolado. Na cabeça, só números. Mas não, não é justo, não pode. Mesmo assim Dora não atende. Ela nunca atende o telefone, pois está com Luka e tem coisas mais importantes para fazer. Está se tornando adulta em tempo recorde, sorri Dora. Está feliz. Não vai ficar telefonando. Não agora. De preferência, nunca. Mas sabe que isso não é possível. Em algum outro momento, mas não agora. Por isso, o telefone toca o dia inteiro.

— É o homem da galeria? — pergunta Luka.

— Talvez.

Sua voz avisa: não quero falar sobre isso.

Assim se passa o dia seguinte.

O dia seguinte ao dia seguinte já é "algum outro momento". Às 8h15 em ponto, Dora se senta no sofá ao lado do telefone e disca o número que conhece de cor há tantos anos. É a hora perfeita, quando ele está se arrumando para sair para o trabalho. Tudo bem pensado. Dora está um pouco ansiosa, nunca passou por essa situação. O telefone chama. Sem tempo para grandes discursos. Só combinar um encontro. O telefone chama. Nada de perguntas e respostas. O telefone chama. Só combinar um encontro...

— Sim?

— Sou eu
Silêncio.

— Dora.

— Eu sei.

— Podemos nos encontrar?

— Por quê?

— Preciso contar algo para você.

— Pode ser por telefone?

— Melhor não.

— Como preferir.

— Pode ser hoje?

— Você está com pressa?

Silêncio.

— Tudo bem, então.

— Eu poderia ir à sua casa.

— À minha?!

— Ou nos encontramos na estação.

— Na estação?!

— Então escolha.

— Poderíamos nos encontrar no Chez Alfredo.

— Não quero comer.

— Então no Club Jazz.

Silêncio. Como se ela precisasse pensar.

— Não. Vamos nos encontrar no Café Blanche.

— Nunca estivemos lá.

— Isso mesmo.

Silêncio.

— Compreendo.

— Às 5?

— É muito cedo. Tenho uma reunião às 4.

— Muito bem, então às 6?

— Está bem.

— Até.
— Até.

Na porta, Dora e Luka se abraçam ostensivamente. Mesmo que não haja ninguém vendo. Ele a beija na bochecha, bem-comportado. Os olhos de Dora estão arregalados e ela parece estar pensando em algo. Eles se beijam na boca e ela sai. Ao se afastarem, suas costas lhe dizem claramente: eu sei o que estou fazendo. Tudo ficará bem.

André já está sentado na mesa do canto. Sua aparência não é boa. Para Dora, é doloroso vê-lo assim. Ele se levanta. Primeiro, sorri, como sempre, a presença dela parece fazê-lo feliz, mas subitamente seu rosto empalidece e vira uma máscara. Ele sabe por que estão ali. Claro que sabe. Em um restaurante onde estão se encontrando pela primeira e provavelmente última vez. Antes de Dora se sentar, ela toca suavemente o seu rosto — não, ela tenta tocá-lo, mas ele se inclina um pouco para trás e sua mão fica parada no ar, sem apoio. Abandonada. Ela precisa lidar com isso. Não há outro caminho.

— André, vou deixar você.
— O quê? — Não é a surpresa pelo que ela acaba de falar, é por causa do jeito brusco como ela o diz, que quase o faz pular.
— Vou deixar você.
— Por quê?
— É o mais correto a se fazer.
— Em relação a quem?
— A você. E a mim.
— Mas eu te amo.
— Sim, eu sei.
Dora tem dificuldade de encará-lo.
— Então, por quê?

— Eu também gosto de você.

— Você gosta de mim? Você *gosta* de mim?

Decididamente, ele fala alto demais.

— Sim, você sabe.

A voz de Dora é bem baixa.

— E que tal amar? Você me ama?

— Não sei.

— Depois de quatro anos você não sabe.

— Por isso deveríamos nos separar.

André se cala por um tempo. Pensa, olhando para ela, desconfiado. Como se não conseguisse entender essa lógica. De repente, seu rosto brilha.

— Você teve uma noite de amor, gostou, agora acha que precisa se separar de mim. Mas isso não está certo. Não me importo com isso. Eu vou conseguir lidar com isso. Eu fiz uma proposta de casamento, caso você ainda se lembre. Para todo o sempre. Não me importa. Eu te amo.

— Para todo o sempre.

Dora repete suas palavras como se estivesse em transe. Então, diz com voz inesperadamente alta:

— Mas eu amo outro.

— Depois de uma noite?!

Dora fica em silêncio. Não quer ter que explicar nada.

— Meu Deus, vocês mulheres são tão bestas!! Depois de uma noite?! Ele é tão bom assim? O que ele fez? Mágica?

Dora fica em silêncio. Não faz sentido dizer qualquer coisa. Para todo o sempre. Só isso importa.

— Você pelo menos sabe o nome dele? Ou vocês nem tiveram tempo para tais banalidades?

— Luka.

A resposta vem automática, como se ela não pudesse silenciar, renegar. Principalmente agora que acabou de reencontrá-lo.

— Luka? O artista? Da exposição? Foi ele?

Primeiro, ele se espanta, depois morre de rir.

— Claro, logo com o protagonista!

— Ele se chama Luka.

Dora está ausente, seu sorriso também é ausente e sonhador. Ela mergulhou nas ondas do Mediterrâneo. Mas André não vê isso. Ninguém conseguiria. É uma espécie de apresentação particular. Uma espécie de monólogo.

— E você o ama? Simplesmente, assim, da noite para o dia?

André engole como se estivesse sufocando com seu próprio pensamento.

— Literalmente da noite para o dia.

— Não.

— Então o quê?

— A vida inteira.

André olha para ela sem entender nada.

— Literalmente.

E o rosto de Dora brilha como os vestidinhos curtos das patinadoras sobre o gelo.

E André emudece.

— Meu Luka.

Finalmente ela pode olhar para ele com a consciência tranquila.

— Meu Luka!

Ela não consegue disfarçar a felicidade em sua voz. É maior do que o seu cuidado em não ferir André. Ou feri-lo o mínimo possível.

— "Meu" como "Meu príncipe encantado"?

Ele não consegue soar irônico. Pois seu espanto é real.

— Sim, meu príncipe encantado.

14

Tudo decidido. Com pouquíssimas lágrimas e precisando contar apenas três vezes, felizmente sem êxito. Muita coisa para resolver. Informar, preparar. Logo se reencontrarão. Está tudo decidido. Quando e onde exatamente, isso ainda está por ser combinado, mas felizmente existe telefone. E eles sorriem na escuridão do quarto, no qual não conseguem parar de se amar. Tudo decidido. Luka avisa seu pai por telefone. Zoran fica contente. A seu lado, Dora esboça um sorriso. O que o pai dele ganha ela perde. Tudo decidido. Dora não tem a sensação de que vai morrer. Ainda não. Pois Luka ainda está ali, ela ainda pode tocá-lo. Ele pode amá-la. Preencher sua vida.

Venta na estação. É início de fevereiro e voltou a nevar, mas o que isso importa para Dora e Luka? Os quatro cavaleiros do Apocalipse poderiam passar correndo por eles que nem notariam. Como é mesmo a canção do adeus? Quando alguém que amamos nos abandona? Agora basta. Tudo já foi dito. Dora não chora e Luka respira. Tudo está maravilhoso. Tudo está organizado.

— É bom você viajar de trem.
    — Por quê?
    — Assim você me abandona mais lentamente. Temos mais tempo. Dora beija sua boca macia e fria.
    — *Me falta tiempo para celebrar tus cabellos.*
    Luka segura o rosto de Dora com as mãos e sorri para ela. Eles juraram um ao outro que seriam corajosos.

— Gostaria de saber se você tem noção do que está dizendo ou se apenas decorou.

Dora estremece em seu abraço.

— Pode me testar.

— Está bem, então me diz.

— Falta-me o tempo para celebrar teus cabelos.

Ele olha para ela, triunfante.

— Nada mal. Mas isso também não foi difícil. Diga outra coisa — desafia ela.

— Você está falando sério? Quer desafiar a mim, o especialista em Neruda? Que ousadia. Que audácia, sua pequena!

— Isso é uma citação de Neruda também? — Dora faz cara de choro. — Fraco, meu amor, muito fraco.

— *Amo el trozo de tierra que tú eres, / porque de las praderas planetarias / otra estrella no tengo. Tú repites /la multiplicación del universo.*

Ele declama e os transeuntes olham para ele, curiosos.

— Nada mal! Soa como se você soubesse o que está dizendo.

Dora está emocionada. Finge que nada aconteceu, mas sente que a voz não lhe obedece mais.

— Obrigado. Provavelmente é porque eu sei realmente o que estou dizendo: "Amo o pedaço de terra que tu és / Pois não tenho outra estrela / nos campos planetários. Continuas / a multiplicação do universo."

Dora sorri.

— Está bem. Na verdade, você deveria continuar com suas cores.

Ambos ficam em silêncio. Pedestres passam por eles, apressados. Trens chegam e partem. É barulhento, faz frio e o cheiro é de ar viciado.

— Não foi uma boa ideia.

— Sim, Neruda não necessariamente levanta o ânimo.

— Não, ele me faz sentir falta de você. Embora você ainda esteja aqui, na minha frente.

— Ele quer que eu fique.

— Pois fique.

— Dora.

— Eu sei.

— Vamos nos ver mais rápido do que imagina.

— Sim, eu sei.

— Não chore.

— Só vou deixar de chorar se você não contar.

— Como assim?

— Vejo seus lábios se mexendo e os olhos que já se escondem atrás das pálpebras.

— Não, estou olhando para você. Não posso me dar o luxo de não olhar para você.

— Fique.

— Dora.

— Acho que não consigo fazer isso.

— Você nunca se despediu de mim.

— Quando?

— Quando eu estava sentado no nosso rochedo, esperando por você. Você nunca veio.

— Não consigo me lembrar muito bem disso.

— Eu detestei você.

— Não acredito.

— Eu preferia morrer.

— Tenho certeza de que eu quis ir. Você era tudo para mim e eles me roubaram e te tiraram e eu não tinha o que fazer, eu ainda era tão pequena que a única coisa que podia fazer era chorar e odiar a minha vida, ficava deitada na minha cama, segurando o retrato que você fez de mim e pensando em você e...

Dora não consegue prosseguir. Luka a segura com força para impedir que ela desmaie naquela plataforma cinzenta e suja.

— Eu me lembro de tudo! Tudo! Voltou tudo à minha cabeça! Tudo voltou, bem nítido.

Sua voz triunfante é fraca.

Luka luta com o mundo inteiro. E com o nervosismo de Dora. Ela não permite mais que ele a segure. É um alívio quando ela se endireita. Olhando para ele apavorada. Mas para quem ela estaria olhando? Luka fica com medo.

— Você nunca mais vai voltar, você vai me abandonar agora e nós não nos reveremos mais...

— Dora, só existimos nós dois, você e eu, e agora somos adultos e nada nem ninguém poderá nos separar e nos impedir de passar a vida juntos. É assim e sempre será.

Luka sabe que não tem mais muito tempo, falta-lhe o ar. Faltam-lhe todas as substâncias vitais, ele sente suas pálpebras se fecharem e já começa a contar — um, dois, três, quatro, cinco... — e o beijo de Dora o resgata das trevas. Tudo acontece tão rápido. Sem transições que facilitam a compreensão.

Como se não bastasse, o trem já chegou. Pontualmente. Quantas vezes isso acontece? Logo na França? Onde estão os bons tempos em que se esperava meia hora pelo trem, às vezes uma hora inteira? O trem chegou. Dois minutos de permanência na estação. Luka já está no degrau.

— *El amor supo entonces que se llamaba amor. / Y cuando levanté mis ojos a tu nombre / tu corazón de pronto dispuso mi camino.* Soneto 73. Confira. É a resposta para tudo. Pense nisso! Não deixe de pensar nisso!

O trem parte.

O trem deixou a estação e não pôde mais ser visto. Nem mesmo como uma pequena cobra inócua que foge. Sumiu, como se nunca tivesse existido.

Dora continua em pé, imóvel.

Luka.

Ela tem medo.

15

A viagem é longa. Com muitas paradas. "Dora adoraria isso", pensa Luka. Ele se afasta dela muito lentamente. No trem, na estação, no ônibus, não importa onde, sempre ele se agarra firmemente ao volume de poesias de Neruda. Cordão umbilical salvador. Elixir da vida. Boia salvadora. Tudo isso simultaneamente. Os poemas são a garantia de que tudo o que foi dito, sentido e vivido é verdadeiro e não foi apenas um sonho. E nem pode mais desaparecer.

O ônibus faz uma curva e Luka vê a cidade à sua frente. Só mais 15 minutos e ele terá chegado a Makarska. Faz meses que esteve ali. O mar. Ele sente falta do mar. Doloroso. É bem mais fácil respirar quando o mar está próximo. Ele sente falta de Dora. Só consegue respirar quando Dora está perto dele. Ele fecha os olhos e começa a contar: um, dois, três, quatro, cinco, seis... Já sente a agradável leveza da inconsciência... Não, ele não pode fazer isso, prometeu a Dora. Só isso é que conta. E ela conta com ele. Tudo agora precisa acontecer rapidamente. *Mal, amor, te deixei...* já parece até uma decisão. Não que decidir fosse seu forte. Mas isso aqui é uma decisão. Porque, na verdade, nem é uma decisão, é uma necessidade. A falta de alternativas. Parece uma situação em que ele não tem opção. E ele gosta disso. Pois é precisamente assim que ele quer que seja. Ele reencontrou sua vida. Inesperadamente. Dora é o seu lar. Sempre foi. Onde tudo conflui. Faz sentido. Tem significado. E o mar. Tudo está claro. Tudo se tornou tão claro. Ou seria apenas o cansaço? Dois dias de viagem, quase sem dormir. Não, não pode ser. Pois há alguns meses tudo ficou claro, ao primeiro olhar, à primeira palavra. Ainda antes da primeira palavra. Subitamente, surpreendentemente, e mesmo assim claro desde a origem e selado com o primeiro beijo.

Luka se reclina em seu assento e cerra os olhos. Não vale a pena dormir, ele chegará em poucos instantes. Dora, *onde estás...? Notei, para baixo / Entre gravata e coração, acima / Certa melancolia intercostal: / era que de repente estavas ausente.* Dora.

Tudo decidido. Mais cedo do que imagina, ele prometeu. Mais cedo do que imagina. Tudo está certo, tudo se encaixa. Ele está muito cansado.

O ônibus entra na cidade e Luka poderia ver a estação rodoviária se estivesse de olhos abertos. E poderia ver Klara.

— Klara?!

Klara balança a cabeça e sorri um pouco, como se estivesse feliz com o fato de Luka tê-la reconhecido. Pois seus cabelos cresceram e seu corpo ficou mais redondo, e ela parece ter mais que seus 29 anos, como se tivesse passado por um período de doença. Um longo tempo. Doente ou infeliz ou abandonada e esquecida.

Mas Luka obviamente a reconheceria em qualquer lugar do mundo. Embora não a tivesse visto mais ou falado com ela durante alguns meses, nem dado notícias. Ele tampouco sentiu falta dela, não pensou nela. Em momento algum, por mais breve que fosse, ela fez parte de sua vida nos últimos meses. Mas agora ele está aqui e ela está diante dele como se esses meses de silêncio não houvessem existido, e o que ela está fazendo aqui na rodoviária, e como soube que ele viria e quando...

— Ana me contou que você chegaria hoje em algum momento.

Mais um sorriso.

— Esse foi o segundo ônibus. Meu plano era esperar mais um...

De repente, Luka fica tão inexplicavelmente cansado que também consegue apenas sorrir, um sorriso breve e fraco e descomprometido, como quando sorrimos para um estranho e não sabemos o que dizer.

Ele anseia por uma cama, um bom sono reparador. Quer ficar sozinho. Quer ligar para Dora. Precisa ouvir a voz dela imediatamente. Tira suas duas malas do bagageiro do ônibus fedorento e começa a caminhar. Klara está ao seu lado e seu braço direito bem agasalhado — é fevereiro — de vez em quando roça o dele, que também está agasalhado. E assim eles vão caminhando, um ao lado do outro, como se fossem parte um do outro, apesar de não terem se visto durante alguns meses. O tempo que passaram separados é mais longo do que o tempo que passaram juntos antes disso. Não, não ficaram juntos, mas de alguma forma sim. Dormiram juntos algumas vezes, mas também houve outras mulheres, foram algumas vezes ao cinema ou saíram de barco. Mas nada muito sério, só brincadeira. Não se fizeram promessas um ao outro ou algo semelhante. E ela não teve qualquer objeção. Nunca perguntou se ele a amava. Tampouco se perguntou o que ele queria dela depois de tudo o que passaram juntos e depois de ele tê-la tratado mal no final. Não lhe interessava, ela era uma de muitas. Naquela espera irresistivelmente caótica que poderia continuar eternamente. Mas felizmente Dora não é Godot. Ela voltou. Dora. Ele precisa escutar logo a voz dela.

A mão de Klara toca o seu braço como se quisesse pará-lo, e, de repente, ele para mesmo, volta-se para ela e... é quando acontece — contra a sua vontade. Sem aviso prévio. Ele não pode fazer nada, não pode adivinhar nem frear as palavras que Klara profere, muito menos a realidade. Está totalmente impotente, ninguém pode ajudá-lo ou protegê-lo. Nem Neruda. Neruda, que o conhece como mais ninguém, que conhece ele e seu amor por Dora. Nem Dora pode ajudá-lo. Sua Dora. Impossível voltar atrás.

— Estou grávida.

Então anoitece e parece que o dia nunca mais haverá de voltar. Dora.

E agora realmente tudo está decidido. Agora, só agora. A irreversibilidade do instante.

16

Dora corre para casa. Todo dia, depois do ensaio, corre para casa e fica sentada ao lado do telefone. Esperando. Assim passam os dias, numerosos e compridos dias sem fim. Luka ligou uma única vez para ela, da estação em Veneza, onde precisou mudar de trem. Desde então, ou o seu telefone ficou mudo — o que não é o caso, ela checou — ou ele esqueceu o seu número — o que ela não consegue imaginar —, ou então ele morreu — o que é proibido. Então, o que aconteceu?

Dora não se sente bem. Não consegue se concentrar no trabalho, fica andando por aí como um fantasma e pergunta a todos o que aconteceu. Helena, Jeanne e até seu pai tentam acalmá-la. Dizem a ela que certamente ele tem muito a resolver para poder voltar o mais rápido possível, que talvez tenha ligado quando ela estava fora de casa... Pois todos acreditam que Luka ama Dora e que eles ficarão juntos. Tentam distraí-la, são bem criativos. Tudo em vão. Só uma ligação de Luka pode salvar a situação.

— Por que você não liga para ele? — admiram-se.

Mas Dora não tem o número. Luka não lhe deu seu telefone e ela não perguntou, simplesmente esqueceu. Isso pode acontecer. Estranho, pensam os outros, sem comentar nada.

Depois de uma semana, Dora cai doente de tanta preocupação, incerteza e infelicidade. Não quer mais sair da cama. Diz ao pessoal do teatro que pegou uma gripe pesada. Frédéric, o diretor dos lenços coloridos, deseja-lhe pronta recuperação, diz que conta com ela, pede que melhore logo, pois não resta muito tempo, há muito por fazer, mas que ela não se preocupe, que pense na sua saúde e decore o texto, já que a estreia está próxima.

— Sim, sim — diz Dora, impaciente, e coloca o fone no gancho.

Em seguida, disca um número curtinho e pede a informação internacional. Toca bastante tempo, provavelmente todos querem saber naquele mesmo instante o número de telefone do Hotel Park em Makarska, Iugoslávia. Então, ela consegue o número. Aqui está, escrito em um grande pedaço de papel branco. O número de telefone. Dora olha para ele. E agora? Discar pode ser um bom começo. E já se ouve o ruído do outro lado. Hoje é um bom dia para telefonar.

— Hotel Park, bom dia.

Uma voz feminina aguda. Ela espera, pois Dora não consegue dizer nada.

— Alô? Hotel Park, o que deseja?

E Dora desliga e começa a chorar. Provavelmente essa senhora gentil com a voz aguda não pode lhe dar qualquer explicação, não pode lhe devolver Luka. O pior é que provavelmente sabe algo que Dora desconhece. Isso é humilhante. Neste momento, ela odeia Luka. Não entende nada.

É mais forte do que ela: Dora tenta novamente. Não tem escolha. Qualquer outra coisa seria como a morte.

— Hotel Park, bom dia. — Novamente a voz feminina aguda.

— Bom dia, poderia falar com o Sr. Ribarević?

Dora não reconhece sua própria voz. Como se quisesse fingir ser outra.

— Quem gostaria?

Dora fica muda. O que deve dizer?!

— Alô, a senhora continua na linha?

— Sim, meu nome é Negrini.

— O Sr. Ribarević não se encontra agora, volta só hoje à tarde.

— Qual é a melhor hora para falar com ele?

— Tente por volta das 15 horas.

A voz continua gentil. E aguda.

— Obrigada.

— De nada. Até logo.

— Até logo.

Dora desliga e está exausta, como se tivesse passado o dia inteiro tirando redes repletas de peixes do mar. Ou como se tivesse aprendido todos os papéis femininos de Shakespeare em um só dia. Ela fecha os olhos e espera. Qualquer coisa seria melhor agora do que esperar.

Por volta das 14 horas, Helena chega e lhe traz o almoço. Dora a manda sair, impaciente. Quer estar sozinha quando falar com o pai de Luka pelo telefone. Helena insiste em esperar na cozinha, está muito preocupada. Dora ouve como ela fala com Marc, pedindo que venha logo. Dora imagina Marc reclamando um pouco, diz que está escrevendo e não pode simplesmente deixar seu trabalho, que está num momento inspirado, acabou de escrever dez páginas em duas horas. Mas Helena já está chorando e Marc certamente está a caminho. E, de fato, pouco antes das 15 horas, ele efetivamente está na sala de Dora e bate à porta do seu quarto, coloca a cabeça para dentro e quando Dora o vê começa a chorar. Helena corre ao seu encontro, quer abraçá-la, mas Dora grita que quer ser deixada em paz. Helena e Marc saem do quarto e sentam na cozinha. Dora consegue vê-los: Helena está consternada e Marc quer ir para casa, para continuar a escrever. Naturalmente, ele não vai e toma o vinho tinto que acha no armário da cozinha.

— Como você consegue beber agora? — diz Helena, irritada. — Simplesmente não é o momento, deveríamos ficar de cabeça fria.

Marc nem responde, provavelmente continua bebericando o vinho, só assim consegue ficar e suportar tudo.

Enquanto isso, Dora não tira o olho do relógio nem por um segundo. Acompanha o ponteiro grande como se fosse a batida do seu coração. São 15 horas.

— Hotel Park, bom dia.

Uma voz masculina grave.

No primeiro instante, Dora fica tão surpresa que desliga. E logo volta a ligar.

— Hotel Park, bom dia.

Uma voz masculina grave, levemente interrogadora.

— Bom dia, queria falar com o Sr. Ribarević.

A voz de Dora treme.

— Sou eu. Quem deseja?

Agora a voz é totalmente inquisidora.

— Dora Negrini.

Pronto. Agora foi. Agora ela saberá de tudo. Nenhuma incerteza mais. Tudo se esclarecerá e ela verá que se preocupou em vão. O pior ficou para trás. Ela volta a chorar. Dessa vez de alegria e alívio.

— Dora Negrini? Nos conhecemos?

De novo, ela despenca num buraco profundo, numa queda livre infinita.

— Alô, Sra. Negrini, continua na linha?

A voz preocupada do homem que é o pai de Luka.

Dora só enxerga escuridão.

— Alô? Você está me escutando?

Dora se esforça, abre a boca. Silêncio.

— Sra. Negrini, está passando bem?

Preocupado, mas já um pouco irritado.

— Sou eu, Dora. Dora. Eu era bem pequena. Tempos atrás, em Makarska. E estávamos sempre juntos, inseparáveis. Depois, fui embora. Eu não quis, mas os meus pais... Mudamos. Sou eu. Dora.

Não pode ser ela, essa pessoa gaguejando besteiras.

— Dora? A Dora do Luka?

E o sol voltou e o mundo se levanta e faz uma reverência. Maravilhoso desempenho. Ótima apresentação. Cai a cortina.

— Sim.

— Dora, a amiguinha de Luka? Não posso acreditar!

Algo nessas palavras está fora de propósito e Dora precisa se segurar firme na beira do abismo. Algo está totalmente falso. Seus músculos tremem de tanto esforço. Quanto tempo ela ainda vai poder suportar aquilo?

— Posso falar com Luka?

Que voz é essa?

— Bem, Luka não está aqui. Está na casa dele.

— Sim. Posso falar com Luka?

Um silêncio que cheira a indecisão e confusão.

— Posso lhe dar o número.

— Sim, gostaria de falar com Luka.

Ele lhe dá o telefone e Dora o anota.

— Obrigada. Até logo.

Ela desliga sem lhe dar a oportunidade de se despedir. Em seguida, adormece. Seu último pensamento é dedicado ao príncipe que deveria acordá-la com beijos. Para variar.

Na cozinha, enquanto isso e depois, tomam vinho.

Dias se passaram. Dora saiu da cama e ontem voltou a ensaiar. Frédéric, hoje de vermelho e laranja, abraçou-a e logo deu um salto para trás, perguntando se estava realmente tudo bem, que aquilo era uma tragédia, mais trágica do que o *Rei Lear*. Dora sorriu brevemente e fez o melhor que pôde para lhe mostrar que não havia o risco de alguém do grupo ficar doente. Disse que nem mesmo esteve doente. Pelo menos nenhuma doença contagiosa. Então, Frédéric perguntou por Luka e os olhos de Dora ficaram enormes e úmidos, então ela correu para se esconder no camarim. Foi difícil trazê-la de volta para o palco.

Mas hoje ela acordou cedo. Hoje é o dia. Ela decidiu. Está no sofá ao lado do telefone, respirando fundo. Assim como ela aprendeu e também ensinou a Luka. Respirar fundo, com tranquilidade. Sua mão esquerda já está no telefone. A outra ainda na barriga para controlar a respiração. A esquerda pega o aparelho de telefone e o coloca no colo. A mesma esquerda leva o fone ao ouvido e a direita disca o número. Dora respira tranquilamente. Pela barriga. Inspira pelo nariz e expira pela boca. Três vezes, bem fundo. E ela está calma como o mar no crepúsculo depois da tormenta.

O telefone toca. São 8 horas. Toca três vezes. É Luka quem responde.

— Alô?

Aqui está, a sua voz. Aqui está, o seu homem. Dora não consegue falar. Tudo esquecido. Só existe ele e esse amor que é maior do que o mundo.

— Luka, é Dora.

Ela sussurra.

— Dora.

A sua voz é como gelo no sol.

— Luka, *ljubavi moja*! Venha para cá.

Ela acaricia o telefone com os seus lábios. Seu corpo todo treme, como se fosse sentir o toque de Luka.

— Dora.

E mais nada. Como se o sorvete não fosse condenado a derreter ao sol do verão.

— Luka, o que aconteceu? Volte. Passaram-se semanas, o que você está fazendo aí? Por que nunca me ligou? Quase enlouqueci, nem consegui ir aos ensaios, fiquei de cama, esperando você, um telefonema de onde você está. O que ainda está fazendo aí? Venha para cá. Como combinamos, Luka.

E, de repente, ela está cansada e uma espécie de indiferença a envolve, como se intuísse o que está por vir.

— Dora, acabou.

A voz de Luka é baixinha e quase irreconhecível.

— Papou morreu.

— Sinto muito. — Impaciente.

— Luka, *ljubavi moja*, sinto sua falta. O que diz Neruda? Vamos, só um verso, eu tenho tanta saudade.

— Dora.

Luka suspira.

— Respire, Luka, respire.

Ela consegue ouvi-lo contando.

— Respire, meu príncipe, respire.

Estão a centenas de quilômetros de distância. Seus lábios não conseguem se tocar. Seus dedos apenas se lembram. O desespero flui pelo cabo de centenas de quilômetros.

— Dora, adeus.

— Não. Sem você? Luka, lembre-se.

Silêncio.

— *El amor supo entonces que se llamaba amor. / Y cuando levanté mis ojos a tu nombre / tu corazón de pronto dispuso mi camino.*

Um ruído de alguém lutando por ar.

— Soneto 73. Não me esqueci dele. Eu olhei. Tem razão: somos nós, Luka!

— Dora, preciso ir. Não me ligue mais. Nunca mais.

Pausa.

— Por favor.

E acabou.

Um sinal uniforme pelo telefone.

E acabou.

Acabou-se a vida. A passada e a futura. Nada de andarem descalços. Nada de sorvetes de presente. Tarde demais. Nada mais pode ser salvo. E ninguém. Seus olhos, distantes centenas de quilômetros, olham silenciosa e longamente para o nada, até começarem a doer. Mesmo assim, não se movem. Não querem fingir. Como se tivessem medo, como se não estivessem sós. Abandonados, destruídos. Totalmente. Tudo. Nunca mais. Nenhum lar secreto. Nenhum lar comum, quem pode suportar isso? Nada mais é verdadeiro. A partir de hoje, tudo será esquecido. Precisa ser esquecido. Como se aquilo tudo nunca tivesse existido. Apenas lembranças que não são bem-vindas. Que doem. Acabou. Tudo. Não existe mais Luka. Nem Dora. E o mundo inteiro. Sem cortina. Sem reverência. Sem espera. Sem esperança. Morto. Para sempre. Mortomortomortomortomorto.

Como Papou, que morreu faz dois dias. Velho e feliz. Papou, que tinha tudo e não teve que abrir mão de nada. Dora queria ser Papou. Luka também. Morto. Para sempre.

17

A estreia. Dora faz exercícios faciais. Está na janela e relaxa os maxilares. Emite sons. Ninguém a perturba. Todos estão ocupados consigo. São profissionais. Como Dora. O ar cheiroso de abril envolve o seu rosto. Chegou a hora. Esta é a sua vida. Como ela sempre imaginou. Um palco empoeirado, uma cortina vermelha e o público. O seu público. Ela não precisa de mais nada.

E ninguém faz perguntas. E muitos olhares são evitados.

— Chegou o momento, pequena — chama Frédéric, baixinho, sorrindo para ela, hoje de roupa verde brilhante e preta, muito elegante, e ele já se volta para os outros para animá-los. Gritando como uma galinha que acabou de pôr um ovo.

Dora não precisa disso. Não precisa que a animem. Sabe do que é capaz e que é boa. Lança mais um olhar inquiridor para o espelho e observa o seu rosto cuidadosamente durante alguns minutos. Tudo está em ordem. Não é ela. É Cordélia. Ela está pronta para morrer.

O sucesso é estrondoso.

Dora está rodeada de familiares e amigos. Todos a felicitam e comemoram. Ela está feliz. Está contente consigo mesma e com o seu desempenho. Com olhos marejados, Frédéric a elogia e diz que ela é a nova estrela do mundo teatral. Ela tem apenas 22 anos. Já pode identificar alguns olhares invejosos, mas eles não a incomodam. O mundo inteiro pertence a ela. É o que diz Frédéric. Menos... ah, nada. Esqueçamos isso.

No meio da noite do seu primeiro grande sucesso de verdade, Dora está em pé na janela de sua sala escura e toma uma decisão inesperada. Ela própria se surpreende. Não tinha percebido que havia algo para decidir, pois tudo já estava decidido. E então, de repente, com uma força irresistível, maior do que um furacão, ela compreende com o seu corpo inteiro, com todos os seus sentimentos, pensamentos e sentidos e toda a sua saudade, que não consegue conceber nunca mais sentir o corpo de Luka. A dor é fisicamente insuportável. É como ser enterrada viva. O pesadelo de sua vida. Portanto, na janela, ela reconhece que precisa ser leal a si mesma e que não tem outra opção senão lutar.

Portanto, toma uma decisão e sente o ar de abril encher seus pulmões. Ela respira.

18

É a primeira vez depois de 16 anos. Aquela linda cidade à beira de uma enseada perfeita. Ao pé de uma montanha alta em que se pode passear à vontade. E, por toda parte, o mar. Ele brilha prateado ao sol da manhã como a eternidade. Como a casa de Deus. Dora está tomada de emoções. Seus olhos ficam marejados e ela os esconde atrás de um par de grandes óculos escuros.

Uma bela jovem na recepção. Vestido azul-escuro colado ao corpo. Sandálias brancas sem salto. Duas malas grandes. Uma bolsa branca. Dedos cheios de anéis. Cabelos cacheados compridos. Eles caem nos olhos. Ela tenta afastá-los. Brincos azuis e brancos. Um rosto comprido. Lábios cheios. Nariz largo. Olhos grandes e escuros. Mãos impacientes. Um relógio de pulso elegante.

Dora.

— Dora.

E Luka começa a contar: um, dois, três, quatro... Dora logo acha o caminho para atrás da recepção, e cola seu corpo no dele, pousando sua boca na dele, sussurrando mansamente:

— Tu és o meu príncipe, não adormeça, tu és o meu príncipe, só meu, fique comigo, olhe para mim, olhe para os meus olhos, estou aqui, tudo está bem, tudo acabou, tudo está bem, meu príncipe.

Luka despenca sobre a cadeira como se não tivesse músculos. Como se não tivesse vontade própria. Como se fosse um daqueles velhos colchões de ar esburacados que podem ser encontrados em muitos locais secretos do hotel, abandonados por seus donos, os hóspedes que partiram. Os olhos de Luka estão fechados e sua respiração é ofegante. Há momentos para os quais nunca estamos preparados. Ele sente a cabeça de Dora em sua barriga, seus braços em torno da sua cintura. Mas está sem oxigênio e continua sentado, imóvel. Sente a pressão do corpo dela, o que é ao mesmo tempo estranho e maravilhoso. Ele quer mantê-la junto de si e rechaçá-la ao mesmo tempo. Abre um dos olhos, é só o que consegue fazer, e a vê ajoelhada na sua frente, com seus cabelos compridos no seu colo, e a felicidade é simultaneamente acachapante e mortal. Ele a ouve murmurar, sua voz não o alcança, mas poderia ser a palavra "príncipe" que sai da sua boca. Ele coloca as mãos nos seus cabelos.

Dora para e ergue a cabeça. Seu olhar atinge um Luka despreparado. Seus olhos estão marejados e seus lábios se mexem e formam a palavra que ele intui e Dora sabe que Luka sabe que ele perdeu. Que está perdido. Pois ele venceu: ela está aí e não importa o que aconteceu, agora acabou e as cartas estão sendo novamente embaralhadas e ela já sente o coringa em suas mãos, ela só pode vencer, o que significa que Luka também vencerá. Que já venceu. Pois em um segundo tudo pode acontecer. É preciso contar com tudo. Com cada respiração tudo pode mudar.

— Vamos sair daqui.

19

Um minúsculo quarto de hotel. Como se fosse o mundo inteiro. Uma vida inteira. Ilimitada, infinita. Como as profundezas dos oceanos — inexploradas, misteriosas, aterrorizantes. Irresistível. Fascinante. Como o número de estrelas. Sem número. Misterioso. Indestrutível. Imortal.

Abraçados, estão deitados na cama desfeita. Ela não se permite cobrir o corpo com lençol. Ele coloca seu queixo sobre os cabelos dela. Ainda não querem falar. Falar estragará tudo e revelará a verdade que ninguém quer escutar. Não, é preciso esperar. Por isso, amam-se mais uma vez. Seus corpos, um ao lado do outro. Suados. Cansados. Famintos. Insaciáveis. Felizes. No lençol molhado. A mão na barriga. A unha no braço. A boca no peito. A perna enlaçando a coxa. Seus olhos verdes. E por isso amam-se mais uma vez. Para não esquecer o que têm, quem são, de onde vêm e a quem pertencem. E, enquanto descansam enlaçados, entreolhando-se, sabem que o outro também sabe que o amor acabou de entender naquele instante que se chama amor.

— Estou com fome. Estou desde ontem sem comer.

— Você veio de avião?

— Não, eu quis fazer o mesmo percurso que você.

Ele a beija.

— Em Veneza até liguei para mim mesma em Paris.

Ele sorri e a beija novamente.

— Felizmente, ninguém atendeu.

Ele seca lentamente as lágrimas dela que já secaram há horas.

— E o mar. Quase esqueci!

— Sim, o mar.

Dora ergue a cabeça um pouco, o suficiente para enxergar Luka, e olha para ele, sorrindo.

— Estou com fome, preciso comer algo.

— Podemos pedir comida no quarto ou ir ao restaurante. Como você quiser.

Seus dedos seguem os movimentos dela. Como dançarinos no palco. Concentrados e atentos para não cometer qualquer erro.

— Devo ficar neste quarto?

— Não sei, não vi as reservas.

— Mas qual era o meu quarto? Este aqui não tem vista para o mar.

— Não entendo o que você está dizendo.

— Eu reservei um quarto aqui no hotel, um quarto com vista para o mar, faz uma semana.

— O quê? Não sabia de nada disso. Eu passei duas semanas no mar. Tirei folga, foi ótimo. Fui pescar com um amigo, Vinko, você precisa conhecê-lo. Hoje é meu primeiro dia de trabalho, nem cheguei a lista de reservas, nem sabia que você... Em que nome você fez a reserva? Ninguém me contou nada... Você falou com o meu pai? Ele sabia? Ele não me disse nada. Você veio sozinha? Quanto tempo pretende ficar?

— Fico duas semanas.

— E eu estou casado.

20

Dora e Luka estão sentados no restaurante vazio do hotel todo num marrom escuro — mesas de madeira, cadeiras de madeira, bancos de madeira e o piso marrom. Como chocolate meio-amargo. Só as toalhas das mesas são quadriculadas em vermelho e branco. As paredes são brancas e nelas há quadros com motivos marinhos. Quase todos são da coleção de Luka. Dora os reconhece logo, sem jamais tê-los visto. Pois eles dominam o salão com suas cores, fazendo com que todo o resto seja desimportante. E ela reconhece a maneira como o pincel foi usado. Meio enviesado, rente à tela, em que apenas o polegar exerce alguma pressão sobre o pincel.

Dora e Luka estão sentados no restaurante vazio do hotel. Ambos mergulhados em seus próprios pensamentos, como duas caravelas espanholas carregadas de ouro no meio do Atlântico, movidas por ondas e ventos de tempestade. Os pensamentos se assemelham como gêmeos univitelinos.

Eles já pediram. Dora pediu massa com queijo por cima e uma salada e Luka, uma porção de batata frita. Tomam vinho — sempre tomam vinho quando estão juntos. O garçom cumprimenta Luka amigavelmente e olha com curiosidade para Dora, sem dizer nada. Luka encontrou alguém para substituí-lo na recepção, já estava mesmo terminando seu horário. Também cuidou das acomodações de Dora, conseguindo um belo quarto para ela. Com vista para o mar, naturalmente. Levou a sua bagagem para o quarto e checou se tudo estava no lugar. Luka cuida bem de seus hóspedes. E Dora é mais do que um hóspede. Ela é sua vida.

A comida vem logo, já que são os únicos clientes do restaurante. Eles comem em silêncio. Há muito para digerir. É um dia notável, cheio de surpresas. Dora está realmente com fome, seu garfo se movimenta rápido e infatigável do prato para a boca. Luka só come porque o prato está na sua frente, está sem apetite. E muito agitado. Precisa se concentrar na respiração e lembrar de não fechar os olhos. A presença de Dora facilita essa tarefa, pois não consegue parar de olhar para ela um segundo sequer para se certificar de que é mesmo ela na sua frente. Na verdade, ela não deveria estar ali, pois faz parte de outra vida, sua verdadeira vida que não pode mais existir. Por outro lado, só pode ser ela, pois ela é sua vida, sua verdadeira vida. Enquanto isso, Dora come sem dizer nada, sem olhar para ele, e aos poucos isso lhe dá medo.

Finalmente, os pratos estão vazios e são recolhidos. Finalmente, a segunda garrafa de vinho foi pedida. Dingač da península de Pelješac, o melhor vinho tinto do país. Luka acena para o garçom — que continua olhando curioso para ele e Dora —, avisando que ele mesmo servirá o vinho. Eles erguem as taças e brindam. Seus olhares se unem.

— Pronto, e agora me diga que não é verdade, que aquilo foi apenas uma piada de mau gosto. Rápido, me diga isso rápido.

A voz de Dora é tranquila e controlada. Luka conhece essa voz, é a sua voz de trabalho. Contra ela, ele fica impotente. E já...

— E nem ouse desmaiar.

Inútil, ela o conhece.

— Não, infelizmente não posso dizer isso. Embora adoraria poder.

A voz de Luka é baixinha e ninguém sabe aonde isso tudo vai levar.

— Não entendo mais nada. Em fevereiro, ainda estávamos juntos e nos amávamos. Agora estamos em maio e você está casado. Você já era casado em fevereiro?

— Não. Eu não era casado ainda. Eu queria me casar com você. Ainda quero. Você é minha mulher.

— Para todo o sempre. Eu sei. Mas certamente existe alguém que não concordaria com isso.

Nada de ironia. Nada de desespero. Ainda não.

— Mesmo assim.

— Ajude-me a entender. Preciso entender, senão caio morta.

— É fácil e não é. É uma longa história.

Luka toma um gole do vinho. Já entendeu que agora virá o que ele mais temia quando estava sozinho.

— Eu tenho no mínimo duas semanas.

Dora também toma um gole. A grande preparação.

— Ela está grávida.

— Mas isso foi muito rápido. A longa história, digo. Mas a outra coisa também.

Ela esvazia sua taça. Fecha os olhos e sorri.

— Ela se chama...

— Nem quero saber!

— Ficamos muito tempo juntos, quando eu estudava em Zagreb. Depois nos separamos. No verão passado, vim para casa e ela estava aqui, esperando por mim. Não foi nada sério. Totalmente descomprometido...

— Estou vendo.

— ... eu também tive outras mulheres, ela não disse nada, mesmo sabendo, sei lá.

Luka não consegue olhar para Dora. Teme seu olhar. Imagina ela levantando e deixando-o, e isso seria o fim.

— Então veio a exposição em Paris. E você estava lá. Fim da história. Só existe você. Desde que te conheci.

— Mas ela está grávida?

— Sim, de mim.

— Tem certeza?

Luka fica mudo. Não há o que responder

— Como isso aconteceu?

— Você sabe.

— Vocês não evitaram?

— Ela disse que estava tomando a pílula.

— E você?

— Eu não tomei a pílula.

Nenhum sucesso. Não é hora para piadas.

— Eu usava camisinha. Na maioria das vezes.

Dora dá um soco na mesa.

— Então, como aconteceu?

— Não sei.

Luka realmente não sabe. Ele acredita na justiça compensadora, mas não conta para Dora.

— Isso não é justo.

— Sim, suponho.

— O que quer dizer "suponho"?

— Já disse que é complicado.

— Mas o que há de complicado?! Até agora tudo é muito simples e fácil.

Dora se debruça sobre a mesa. Seu rosto está contorcido.

— Existe uma longa história que antecede tudo.

Luka fala lentamente e baixinho.

— Isso eu entendi, mas não é motivo...

— Ela era...

— Como ela se chama?

Luka olha pra ela, inseguro.

— Quero saber como ela se chama.

— Mas antes...

— Não quero lidar com fantasmas, se eu...

Dora volta a se recostar na cadeira e faz exercícios respiratórios. Luka conhece isso.

— Então, como ela se chama?

Sua voz está bem calma, o que não acalma Luka. Muito pelo contrário.

— Klara.

— Klara.

— Sim, Klara.

Um grande silêncio. Como se agora os três estivessem à mesa. Como se agora tudo tivesse sido dito e, com isso, tudo estivesse muito claro. Fecha cortina. Dora sai.

— Vamos até o rochedo.

Com cada passo, tudo se torna mais conhecido, nítido e amado. O mar, o cascalho, a casa amarela, a trilha estreita até o farol. Como se nada tivesse mudado. Como se ela nunca tivesse ido embora. Dora tem vontade de chorar. E até isso é uma lembrança. Eles param atrás do farol, olham para o mar. Lembram-se de um monte de coisas. Gaivotas gritam sobre suas cabeças. Uma leve brisa mexe com os cachos de Dora.

— É possível mesmo que eu tenha chegado há algumas horas?

Como se ela estivesse falando sozinha.

— Parece que você nunca foi embora.

Luka a abraça e a beija. Ela devolve o beijo. Assim permanecem durante um bom tempo.

— Vamos seguir adiante.

E eles vão em direção ao rochedo, aquecidos pelo sol da tarde. Encontram dois casais que não têm tempo nem interesse por eles.

— Deve ter sido por aqui.

Empolgada, Dora olha para baixo, na beira.

— Sim, só mais alguns passos, vamos.

Luka a puxa. Atrás de um arbusto de genista de cheiro inebriante, começa a descer. Anda pela trilha estreita e Dora o segue. Ela fica tonta por causa da lembrança. Como socos nas costas que a impelissem. Mais alguns passos e só mais alguns passos e eles chegam diante da abertura escondida do túnel. Entreolham-se.

— Somos grandes demais!

Dora não pode acreditar.

— Besteira, nós vamos conseguir. Só não vai ser tão fácil quanto há 15 anos.

Luka ri, confiante.

— Então vá você primeiro.

— Com o maior prazer, querida, mas você sempre foi uma medrosa.

— Eu? Não é possível! Não sou uma...

Luka fecha suas palavras com a boca e a beija, então ela para de falar.

— Você não mudou nada. Eu te amo.

— Você não pode dizer isso.

— É a verdade.

— Talvez seja indiferente. Talvez a outra verdade seja mais importante. Talvez exista uma lista das melhores verdades e...

Luka repete o truque com grande sucesso.

— Vai escurecer logo, vamos passar logo.

E Dora o empurra para o túnel e o segue. Cegamente. Mesmo sabendo que não se pode confiar nele incondicionalmente. Mas isso não importa agora.

Com grande esforço e muita risada, eles chegam ao fim do túnel e se erguem. E ele está lá, o rochedo, tão cheio de reminiscências, imagens, ideias e horas da convivência silenciosa que eles se seguram para não escorregar na pedra úmida e salgada. É acachapante. Único.

— Vamos observar as nuvens? Eu aposto que ganho de novo!

Dora e Luka estão deitados na pedra, observando as poucas nuvens que brincam no céu.

— Olha ali! Um bebê!

Luka não responde. Tenta enxergar, mas seu olhar está borrado.

— Sinto muito, eu não queria...

— Tudo bem, esqueça.

Eles ficam em silêncio. Dora procura a mão de Luka.

— Por que você precisou se casar com ela?

— Porque eu não podia repetir aquilo. Impossível.

— Não entendi.

— Ela ficou grávida de mim uma vez e eu não quis a criança. Ela fez um aborto e eu a abandonei. Uma vez chega.

Dora senta e se inclina sobre Luka. Carinhosa e suave, sua mão desliza sobre o rosto dele.

— Isso é terrível. Sinto muito.

— Da primeira vez eu realmente fui péssimo, fui desprezível, eu a tratei absolutamente mal. Até gostava muito dela. Mas quando ela me contou que estava grávida, e ainda por cima na frente do meu pai e de Ana, eu pirei, não consegui mais respirar, tudo em mim se revoltou. Eu simplesmente estava errado, nada estava certo. Não lhe disse nada, pelo menos não diretamente, mas mesmo assim ela entendeu imediatamente e fez o que eu queria sem que eu precisasse falar. E ela sofreu tanto por isso e me amava tanto que teria feito tudo o que eu quisesse, sem se defender, mas eu não pude suportar aquilo, achei aquilo terrível, então simplesmente a abandonei, fui embora, sem dizer nenhuma palavra, fui horrível. Fiquei envergonhado, mas não pude fazer de outro modo, a minha vida não era mais aqui, eu senti aquilo.

Dora o abraça, ninando-o, e entende que ele jamais contou aquilo para ninguém.

— Numa relação há sempre dois que erram e carregam a responsabilidade.

— Sim, mas alguns mais, outros menos.

— Tem razão. Ir embora não é solução.

O sol se põe. O ar é suave, ameno e sedutor. Dora gostaria de voltar aos 6 anos — o tempo é traiçoeiro.

— Você não poderia ter assumido a criança sem se casar com ela?

Dora sussurra. Estes são os momentos mais importantes da sua vida e essa certeza a deixa calma, reflexiva, cuidadosa e aberta para tudo. Mas ela também fica um pouco tonta.

— Não sei, talvez. Aconteceu assim, como se eu não tivesse escolha, como se eu tivesse que reparar alguma dívida.

— Luka, você só está devendo a si mesmo.

— Foi essa sensação, sabe, de que eu devia fazer alguma coisa, como se todos esperassem aquilo, ninguém disse nada, não, mas todos olharam para mim... É uma cidadezinha pequena, Dora, uma aldeia, todos conhecem todos, todos sabem de tudo...

Dora segura Luka como um bebê recém-nascido, suavemente, cuidadosamente, esperando que ele se acalme. E que fique com ela. Que volte atrás em tudo. Como se jamais tivesse acontecido.

— E ela não disse nada, nem uma palavra, simplesmente esperou, e eis que estávamos no tabelião, e eu disse "sim" e desmaiei...

Dora não sabe se deve rir ou chorar. Tudo lhe parece tão grotesco, como num pesadelo.

— ... e você não estava aqui e eu esperei até o último momento que você pudesse me tirar daquilo, me salvar, como um Indiana Jones, ou como um...

— ... como um príncipe de verdade, você quer dizer.

— Como um príncipe de verdade.

— Mas *você* é o príncipe! Meu príncipe, não se lembra?!

— Um verdadeiro príncipe.

Escurece e o ar é fresco, sem uma brisa, e o céu está cheio de estrelas e a lua é crescente. Recende a árvores em flor e mar calmo. A vida celebra a si própria. Todos os anos de novo.

— Você a ama?

— Eu amo você e quero passar minha vida com você.

Luka fala como alguém que passou adiante seus problemas e nem precisa se preocupar com nada, pois outra pessoa cuidará de tudo, e ele poderá voltar a brincar com seus amigos despreocupadamente. Fazer castelos de areia, mesmo que em Makarska não exista praia de areia. Jogar polo aquático. Ou futebol. Ou pintar. Ser simplesmente ele mesmo.

— O que vamos fazer agora?

Poderia ser uma pergunta retórica. Ou poderia ser que Dora estivesse se perguntando a si própria. A pergunta não é dirigida a Luka. Por isso, ele a surpreende com sua resposta.

— Poderíamos matá-la.

21

Luka deixa o quarto de Dora.

— Aquilo foi uma piada de mau gosto, não? — disse ela, parada à porta, insegura. Ele olhou para ela, amoroso e cansado, e a estreitou contra si.

— Claro — sussurra.

Então sai do hotel. São 3 horas da manhã. Eles não dormiram nem um minuto. A noite clara o envolve, gelada e refrescante. Primavera no litoral. Luka não tem pressa de chegar em casa. Sabe o que precisa fazer. Só não sabe se terá coragem. Ele pega um desvio. A cidade ficou pequena demais para ele. Por que não ficou com Dora? Perto dela, se sente forte e decidido. Finalmente sua casa está à sua frente. Ana e Toni estão sentados nos degraus em frente à porta. Ana acabou de fazer 21 anos. Ao vê-lo, ela dá um salto e corre ao seu encontro. Toni continua sentado.

— Onde você estava? Nós te procuramos a noite toda. Onde você estava?

Ela está a um passo da histeria, o que não é típico dela. Barulhenta e nervosa, sim; histérica, não.

— O que foi? Aconteceu alguma coisa?

Luka está agradavelmente cansado e já sente falta de Dora, mas teme conflitos. Além de tudo, não quer brigar e, se possível, deseja sair do caminho de Klara. Não quer se estressar, e sim continuar com a sensação de Dora dentro dele.

— O que foi? Papai levou Klara para o hospital há horas enquanto você esteve Deus sabe onde!

Ana está realmente furiosa, assim Toni acaba levantando, indo ao encontro deles e colocando um braço protetor em torno dela.

— Por quê?

— Por quê!? Por quê!? Porque ela vai ter um filho seu, seu... seu... — Ela não encontra palavras para expressar o que sente em relação ao irmão naquele momento.

— Mas ainda falta tempo.

Luka não quer se deixar contaminar pelo pânico que Ana está espalhando. Sua vida acabou de reencontrar um sentido hoje mesmo. E isso ele não quer arriscar de jeito algum.

— Claro que ainda falta, mas ela teve contrações, e aí não dá para fazer nada, não se pode dizer "bebê, querido, ainda falta, espere mais algumas semanas, fique onde está", não dá, seu idiota, quando chegam as contrações, vem também a criança, e você nem estava aqui. Papai a levou para o hospital e você não estava aqui, mas é o seu filho e a sua mulher. Onde estava, onde você passou o dia inteiro, ninguém viu você...

— Eu estava ocupado.

— Ocupado? O que isso quer dizer? Ocupado com o quê?

— Eu recebi uma visita.

— Que visita? Papai contou que você pediu para ser substituído no plantão do hotel. O que aconteceu com você?

Luka sabe que agora não é o momento certo para introduzir Dora na conversa. Klara está no hospital, tendo o bebê. Ela conta com ele, ele prometeu a ela. Ele se casou com ela, ele se comprometeu a cuidar dela e do filho. É o que na época lhe pareceu a única coisa correta. E Dora dorme agora no seu quarto de hotel, no quarto que ele escolheu para ela, confiando nele e acreditando naquilo que eles têm, que apenas eles têm, podem ter, essa coisa única. Esse amor, como o oceano infinito.

E Luka já sente a vontade de contar um, dois, três, quatro e prender a respiração, mas então sente uma pancada na cabeça. Foi Ana.

— Não faça besteira agora, está ouvindo?

Luka olha para ela, espantado.

— Mexa-se, precisamos ir ao hospital.

O olhar de Luka oscila entre os olhos de Ana e Toni, procurando respostas. Ele balança a cabeça. Não era para ser assim, está errado. E ele se irrita com Klara, que está tendo um bebê prematuramente, deixando-o numa situação impossível. Logo hoje. E assim Luka vai ficando cada vez mais furioso, tão profundamente furioso, com tudo e com todos, esses pensamentos o invadem como se fosse uma cachoeira de ódio, desamparo, tristeza e amargura, e ele cai no chão, cheio de medo.

— O que devo fazer? — O grito silente de uma alma torturada.

Ana o examina, sorri brevemente e pega sua mão.

— Venha, estou com você.

Assim, os três partem e Luka sente vontade de chorar.

Dora nem precisa adormecer, pois já está sonhando. Com os olhos bem abertos. E nada pode lhe tirar essa calma e confiança. Nem o sorriso. Dormir equivaleria a jogar o tempo fora. A vida é cheia de milagres. Dora está sentada na cadeira no terraço, absorvendo o brilho prateado do mar. Dora pensa sobre os segundos que podem determinar os rumos da vida. Que não podem ser previstos. Que simplesmente chegam. Para sempre.

No hospital reina o silêncio. O prédio parece abandonado. Como depois de uma catástrofe natural da qual ninguém sobreviveu. Toni sai para procurar alguma enfermeira. Ana segura Luka e o leva até uma cadeira. São cadeiras de plástico laranja. Luka olha à sua volta. É o hospital novo. Não é o hospital em que ele e Dora brincavam de pacientes, sem nenhuma dor, sem hora marcada. Ele quer uma máquina do tempo.

— Ana, Luka!

Toni chama baixinho e gesticula. Eles se levantam e o seguem. Alguns corredores mais para frente param diante de uma porta e Toni faz um gesto com a cabeça para indicar o local.

— Klara está na sala de parto, mas Zoran está aqui dentro.

Eles entram. Zoran está dormindo na cama. Luka sorri, Ana olha para ele e sorri também. É tempo de afeto. Só há uma cadeira no quarto, e Ana senta. Toni fica em pé atrás dela. Luka encosta na janela. Não dá para ver o mar. Não dá para ver o hotel. Luka não consegue ver nada de importante e volta a ter medo. Fica impaciente e esbarra na cama. Zoran abre os olhos. Ninguém diz nada. É uma longa espera na qual o pai se limita a olhar para o filho como se este fosse um enigma que precisa ser decifrado antes da meia-noite. Caso contrário, a carruagem volta a se transformar numa abóbora. Mas já são 4 horas. Já está quase clareando a leste, atrás dos picos altos das montanhas que ainda barram o sol. O tempo passou. Nada mais pode ser mudado. Nenhum enigma mais pode ser decifrado. Eles seguirão sendo enigmas.

— Está demorando — diz Toni, que não sabe lidar com o silêncio.

— Sim.

Zoran acredita que quanto menos palavras, melhor.

— Faz algumas horas, não?

— Sim.

— O que disse o médico? — Finalmente, Ana ajuda o namorado.

— Não sei. Primeiro não havia médico, depois chegou uma parteira, bastou ela olhar para Klara, nem examinou e já vieram buscá-la.

— Foi só isso? Ninguém disse nada?

— Sim. Não.

— Você não perguntou? — Ana se admira com o pai.

— Eu adormeci.

— Quer que eu vá perguntar? — Ana se dirige a Luka, que continua olhando pela janela, procurando sua vida. Ele não diz nada. Tudo lhe é indiferente. Mesmo que tenha prometido e se comprometido com Klara. Às vezes, olhamos nossa vida de fora, surpresos com o rumo que ela tomou e com os erros que cometemos. Sim, isso acontece. O distanciamento é bom, é recomendado. Já se afastar totalmente é perigoso e desaconselhável.

— Luka!

Luka lança um olhar distante para Ana e não diz nada.

— Sim, vá, minha filha.

Zoran sempre quer mediar.

Ana se levanta e sai devagar.

— Já está amanhecendo.

— Sim — diz Luka, e continua procurando.

Dora acorda bruscamente, sentindo uma pressão no peito. Ela mal consegue respirar, seu coração bate loucamente. Sua mente está repleta de imagens de pessoas mortas que ela não conhece, mas que a oprimem e a rodeiam cada vez mais, impedindo-a de se mexer. Ela abre os olhos e solta um gritinho. Está sozinha. A cama está fria e ela treme. Puxando o cobertor até o queixo, ela se vira para o outro lado, para poder ver o mar pela porta aberta do terraço. É lindo. Ela se acalma e volta a adormecer. Esperando sonhos melhores.

— É uma menina.

Ana chora, ri, abraça Luka, Toni e o seu pai, novamente Luka, dá pulos no quarto do hospital, bate palma, faz piruetas e não pode ser freada. Zoran tem os olhos marejados e repete algumas vezes "uma menina, uma menina"; seu sorriso é repleto de lembranças e ele bate forte no ombro de Luka e continua sorrindo — "uma menina". Toni sorri também, bate no outro ombro de Luka e nem tenta acalmar Ana.

— Uma menina — sussurra Luka, deixando o quarto. Devagar, mas seguro. Como se tivesse encontrado o que buscava. Com os primeiros raios do sol.

22

— O que você está fazendo aqui? Seu horário não é à tarde?

Luka passa pela recepção sem dizer nada, apenas acena brevemente, sem sorrir. Estranho, pensa o amigo e colega, voltando a se debruçar sobre a lista de hóspedes.

Luka bate à porta do quarto de Dora e ela abre quase simultaneamente, como se estivesse esperando por ele. O que de fato fazia. Eles se abraçam. Beijam-se.

— É uma menina.

E só agora ele consegue sorrir. Olha para ela e ambos começam a chorar, cientes de que qualquer coisa é melhor do que estarem separados.

Depois de terem se amado, eles continuam quietos na cama. É hora de conversar e falar. De explicar e esclarecer. Segurar. Não soltar.

— Como elas estão?

— Não sei.

— Como assim, não sabe?

— Eu saí logo.

Dora precisa refletir se isso significa alguma coisa. Será que significa?

— Mas é a sua filha. E sua mulher.

— Eu sei. Eu sei. Nunca tive tanta consciência disso como agora. Acredite. Não querem que eu esqueça.

— Veio mais cedo do que o programado, não?

— Sim.

Ambos refletem.

— Você acha que tem algo a ver conosco?

— Como assim?

— Será um sinal?

— Que sinal? De quê?

— Não tenho ideia. Apenas me assaltou uma dúvida.

Eles tentam entender.

— Ela sabe...

— O quê?

— Que eu existo?

Como ela está modesta! Como se fosse uma mera existência. Sem conteúdo. Sem significado.

— Não. — Ele diz isso sem muita certeza. — Pelo menos não de mim.

— Mas de quem mais ela poderia saber? A quem você contou em Paris?

— Para ninguém. Não tive tempo. Sem chance. Foi tudo muito rápido...

— Mas ela nem fez perguntas?

— Não.

— Mas que mulher é essa!?

Dora fica furiosa. Não gosta de ser ignorada. Não foi à toa que virou atriz.

— Não era da conta dela. Ela sabia.

Eles ficam em silêncio. Não sabem mais para onde ir.

É uma manhã maravilhosa.

— Estou com fome.

A sala do café da manhã está vazia. Arrumada. Luka pede um café na cozinha. A cozinheira o conhece. A garçonete o conhece. Todos o conhecem naquele hotel. Ele não é apenas o filho do diretor, é também um artista famoso, e os habitantes do litoral são como elefantes, nunca esquecem nada. E todos olham para Dona, curiosos e críticos.

Eles sentam no terraço que dá para o mar. Tudo está calmo. Em maio não há crianças na piscina. Apenas alguns idosos que querem aproveitar o calor do sul. Que querem passar o dia passeando ou sentados ao mar, felizes. Principalmente quando escrevem postais para os amigos em casa.

Luka e Dora tomam o café em silêncio. Ele não tem fome, mas come mesmo assim. Seus olhares se encontram o tempo todo. E eles sempre se tocam.

E não notam que os olhares cúmplices dos empregados também se encontram. E que tudo está claro. Os rostos dos amantes não conseguem guardar segredos. São como um livro aberto. E já conversam. Fofocam. Espalham respostas que nem são respostas.

Quando os pratos estão vazios, Luka pega a mão de Dora.

— Vamos sair daqui.

No rochedo eles escutam o som do mar.

Dora e Luka estão deitados na pedra cada vez mais quente, as pernas na água.

— Tenho uma centena de perguntas. No mínimo.

— Pode começar.

— Mas antes disso quero ouvir um verso de Neruda.

Luka permanece mudo.

— Ou você o esqueceu?

— *Talvez não ser é ser sem que tu sejas.* — É sua resposta rápida. Luka não olha para ela. Observa gaivotas voando nas alturas infinitas do céu. — Quando todos dormem ou estão em seus quartos, ou quando estou só no hotel, eu o tiro da gaveta e leio em voz alta, imaginando que você está por perto, escutando, e isso mexe tanto comigo que tenho medo de perder a consciência. Sem ti não existe nada. Não ser significa ser sem ti. Sem *mas* ou *porém*.

Dora também observa as gaivotas em voo nas alturas infinitas do céu. Está tão comovida que também tem medo de perder a consciência. Na verdade, não se sente bem assim, mas gosta de compartilhar essa sensação com Luka. Tudo.

— O que você faz no hotel? Desde quando está trabalhando? Você nunca mencionou isso.

A cabeça de Dora está no seu colo.

— Desde que eu soube que me tornaria pai.

— E a pintura? Você ainda tem tempo para isso?

— Depois de Paris, nunca mais pintei. Nem tirei as coisas da mala.

A mão de Luka repousa sobre a barriga de Dora. Ele sente o calor do seu corpo e tudo parece diferente. Possível. Com perspectiva. Como se logo pudesse voltar a brincar despreocupadamente com seus amigos. Castelos de areia que não são castelos.

— Isso é um crime! Você é um pintor! Um artista!

Ela tem vontade de chorar, tão grande é o seu desalento. Desistir de si mesmo — o que acontece depois? O que resta ainda?

— Eu sei. Mas não importa. Agora tenho uma família para sustentar.

— É... é... — Há coisas que não podem ser expressas por palavras.

Dora se levanta e começa a caminhar na pedra. Luka a observa inquieto. O olhar dela fica grudado no solo rochoso, como se ela estivesse procurando siris mortos.

— Você não pode fazer isso. Precisa pintar, precisa pintar de qualquer maneira. Por favor!

Ela para diante dele.

— Não chore, por favor, não chore.

— Não estou chorando.

— Está sim. Seus olhos estão vermelhos e úmidos; estão brilhando.

— Você sabe que eu nunca choro.

Dora está furiosa, fala cada vez mais alto, e Luka se levanta, a abraça e sussurra carinhosamente dentro de seus cabelos soltos, acalmando-a.

— Vou voltar a pintar.

— Promete?

— Prometo.

— Promessa é dívida, você não pode quebrá-la.

— Isso mesmo.

Ele solta uma risada e ergue o rosto para encará-la.

— Agora que você está aqui.

— Você deveria ir para casa. Deveria ir para o hospital, ver sua filha.

E logo seus olhos voltam a ficar vermelhos e marejados, sua voz torna-se insegura e novamente Luka precisa segurá-la.

— Você precisa ir ver a sua filha.

— É o que vou fazer.

— Sua filha.

— Dora.

— Difícil imaginar que sua filha não seja também a minha filha.

Os sinos do meio-dia tocam. Solenemente. Como se quisessem anunciar algo importante.

23

Luka chega em casa. Daqui a uma hora precisa estar no hotel, dessa vez para trabalhar. Mas Dora estará lá. Nada de trabalho, então! A vida é melhor do que *O almoço sobre a relva*, uma mistura de *A boia vermelha* e *Luxo, calma e volúpia*. A mera ideia de voltar a pintar enche sua cabeça com imagens.

Zoran dorme no sofá na sala. Luka constata que não dorme há mais de trinta horas. Talvez seja por isso que ele se sente como se estivesse embriagado. Ou porque Dora chegou. Ou porque ele tem uma filha. Ou então porque a sua vida está de ponta-cabeça e tudo ameaça ruir e cair no mar. Inexoravelmente. Ele vai para debaixo do chuveiro. Os pingos de água quente são como bálsamo na sua pele. Ele fecha os olhos e fica tonto de tantas emoções, tantos pensamentos. Depois de vinte minutos, a água começa a ficar fria, ele fecha a torneira e se seca. Mas deixa o cabelo molhado e despenteado. Veste-se e deixa a casa pé ante pé, pois Zoran ainda dorme. Não é mais jovem, pensa Luka, e este pensamento o fere.

Ele vai até o hospital. São 15 minutos a pé. Ele caminha rápido. Não tem muito tempo. Às 14 horas, precisa estar no hospital. Ele se esforça para não pensar em Klara, naquilo que lhe dirá. Naquilo que ela lhe dirá. O que espera dele. Isso o invade e ele fica parado no meio da praça Kačić, quer sair correndo, mas se obriga a continuar andando. O hospital está agradavelmente fresco. Inesperadamente decidido, ele marcha até o quarto em que soube na noite anterior que se tornou pai. Ele não bate, entra, como se estivesse em casa.

Aqui está ela. Klara. Ela dorme e Luka agradece por isso. Ao lado de sua cama há outra, pequena, mais parecida com uma caixa de vidro, e dentro dela algo se mexe. Luka vê braços inimaginavelmente finos, mãozinhas pequenas, pezinhos, tudo se mexe. Ele se aproxima esgueirando-se. Não quer despertar Klara de jeito nenhum.

Aqui está ela. Sua filha. Ele a observa, quer ver tudo de uma vez, embora não haja muito que ver. Ele examina o seu rosto. Tudo redondo, macio e sem expressão. A boca se mexe e as pálpebras tremem. Este é o ser que embaralhou toda a sua vida. Que lhe roubou a pintura e Dora. Mas ele não consegue odiá-lo. Tampouco consegue amá-lo. Ele o observa e imagina como seria se fosse sua filha com Dora. Imagina como seria tendo desejado o bebê, ansiado por ele. E se imagina casado com Dora e ela, trazido essa criança ao mundo, dormindo naquela cama...

— Ela é linda, não é?

Ele se assusta e dá um passo para trás, como se estivesse fazendo algo proibido.

— Estou tão feliz.

Klara fala baixinho e Luka não consegue obrigar-se a olhar para ela. Está se sentindo péssimo. Os sentimentos de culpa aparecem nitidamente.

— Como vai você? — pergunta ela, como se ele tivesse passado horas na sala de parto para parir a filha. Ele se sente mal, tal é a injustiça da vida.

— Como vai você? Foi difícil?

— Passou e estamos bem. Não é?

Luka olha para ela. Seus olhos estão cheios de perguntas que ela jamais proferirá por medo das respostas. Ela lhe estende a mão. Ele hesita só um átimo, mas ela nota e seu sorriso desaparece. Seu olhar fica escuro. Ela coloca a mão na cabeça do seu bebê.

— Você teria preferido um filho, não é?

E quando ele entende que ela não entende nada nem intui nada, compreende que não tem sentido. Ele lhe conta tudo, confessa onde não há nada para confessar, pede perdão, promete muitas coisas de novo, até chora um pouco, descreve o indescritível, seus sentimentos, seus pensamentos, admite que quer voltar a pintar, pois precisa pintar, não pode ficar trabalhando na recepção de um hotel, seus dedos precisam estar sujos de tinta, fala sem parar e com paixão, e logo qualquer sentimento de culpa está esquecido, ele se abre para ela sem barreiras, como nunca fez em todos os anos que se conhecem e que vivem juntos, e fica aliviado...

Luka olha para Klara com expressão ausente, observa a criança no bercinho brevemente e sem ânimo. Sua boca não se mexeu, nenhum som saiu dela. Ele geme por dentro. Cheio de desprezo por si mesmo.

— Preciso ir.

E ele sai. Foge. Mais para covarde do que para príncipe.

24

— Um gigante que segura um cachimbo numa mão e, na outra, um sorvete gigante.

— Você tem a imaginação de uma criança de 5 anos!

Luka ri e é tomado por um redemoinho de carinho.

— Que bobagem! A imaginação não tem idade!

E ela já se levantou, sua voz treme e o barco balança, e ela precisa ficar atenta para não perder o equilíbrio e cair no mar. Embora não fosse tão grave, pois é final de junho. Mas são apenas 7h30. Ela ainda está de vestido. Eles nem tomaram café.

Luka também se levanta e observa Dora por um momento. Ela põe as mãos na cintura, decidida, pronta para o ataque. Então, Luka se joga sobre ela e ambos caem no mar com um grito que incomoda apenas as gaivotas e os peixes. Eles são os únicos seres humanos entre Brač, Hvar e o litoral. Riem, gritam e engolem água salgada como se fosse o melhor vinho, de safra desconhecida, as regras de comportamento se perderam. Eles se debatem, mergulham e acabam num abraço no qual seus lábios ficam grudados.

— Você molhou o meu lindo vestido.

— Então tire.

— Não posso, está grudado no corpo.

— Eu te ajudo, vem.

E então houve ainda mais debater, gritos, mergulhos; cospem água do mar e tiram o sal dos olhos.

Em seguida, deitam-se no barco e se amam no calor do sol matinal.

— Olhe! Um berço com um ursinho.

— Exato. E você vê o cigarro entre suas garras? E a garrafa vazia de cerveja ao seu lado...

Dora o olha de lado desconfiada. Luka pinta. Há algumas semanas voltou a pintar. E ontem Dora lhe deu as tintas que encomendou por Christian em Paris. Hoje ele já começou a usá-las. São maravilhosas.

— Se quiser ser deixado em paz e simplesmente pintar, basta falar, não precisa me provocar.

— Eu nunca te provoco.

— Vocês, homens, são todos iguais.

— Eu te amo.

Um silêncio prolongado — enquanto se beijam.

— Você sente falta de Paris? — pergunta Luka mais tarde, pintando. Ele trouxe várias telas pequenas para estudos em aquarela. Nunca é demais. Sempre descobre algo novo, alguma nuance até então desconhecida, um brilho que só acontece sob determinadas condições meteorológicas e se deixa desnudar.

— Sim. Principalmente sinto falta do teatro.

— Você terá problemas?

A tinta misturada energicamente respinga no ambiente.

— Não, não sei. Acho que não. Simplesmente vou fazer uma pausa de alguns meses.

— É isso mesmo que você quer?

— Não. Mas quero ficar com você.

— Então não foi tão ruim que o bom e velho Rei Lear tenha quebrado a perna.

Eles riem.

— Verdade, ajuda um pouco.

Em seguida, novamente o silêncio, pois há mais a dizer, a perguntar, a decidir e a fazer. Principalmente a fazer. Embora tudo dentro deles esteja ardendo, sem deixar que durmam ou respirem, eles não querem pensar nisso enquanto puderem, o que não é frequente, pois vivem em meio a essas perguntas, inseguranças e medos. E pessoas. Mas hoje é um dia de solidão, de solidão a dois, ideal para esquecer, para reprimir, para adiar. E talvez seja por isso que não o fazem. Pois o dia é perfeito. O mar. O sol, o ar. O céu. As perspectivas. E assim deveria ser tudo. Principalmente a vida deles. Portanto, conversam.

— Eu ainda não disse nada para Klara.

— Eu sei.

— Não consigo.

— Por quê?

— Sempre quando a vejo ela está com a criança.

— Por que você sempre diz "a criança"? Por que não a chama pelo nome?

— Não sei. Não quero me acostumar com ela.

— Isso é bobagem, *ljubavi moja*! Ela é sua filha, você precisa se acostumar com ela.

— Não sei. Tenho medo, acho.

Dora o abraça. Ele gosta de encostar a cabeça no ombro dela. Ela recende a sal e sol e a ele e a Dora.

— Você pode amá-la, estar aqui para ela e deixar a mãe dela. Você não precisa abandoná-la, não deve fazer isso. De modo algum.

— É tão difícil. Quando estou com você, está tudo certo. Depois, quando vou para casa e você não está, eu fico confuso e não sei mais o que devo fazer além de estar com você.

A cabeça de Luka escorrega lentamente para o colo de Dora.

— Você precisa resolver isso. Não posso fazer isso por você. Ela não é minha mulher, não me casei com ela apesar de amar outra.

Dora está irritada e afasta a cabeça. Está impaciente e ficando preocupada aos poucos.

— Daqui a pouco faz dois meses que eu cheguei.

— Eu sei, poderíamos comemorar isso!

— Luka, não vou aguentar isso por muito tempo.

Luka vê como ela levanta, se estica e depois deixa a cabeça pender. E ele sabe que deveria dizer algo, ou melhor, fazer algo, fazer a coisa certa, e quer, quer fazer aquilo mais do que qualquer outra coisa do mundo. Quer Dora, apenas Dora, mas está doente, como que paralisado. Como que enterrado vivo num pequeno caixão. E já começa a contar: um, dois, três, quatro, cinco... Seus olhos se fecham, pesados, e está tudo bem, ele flutuando por cima de si mesmo e dos seus problemas.

— Deixa disso, você é meu, só meu, abra os olhos, olha para mim, meu príncipe, vou te salvar, salvar dos dragões que cospem fogo e das bruxas malvadas e das florestas encantadas, meu príncipe...

Dora beija o seu rosto. E eles se amam.

E mais uma vez nada foi resolvido.

25

Faz quase dois meses que Dora voltou pela primeira vez para Makarska e que Luka se tornou pai, depois de ter feito amor com Dora o dia inteiro e quase a noite inteira. Faz quase dois meses que Dora e Luka se tornaram novamente inseparáveis. Ninguém se surpreende. Ninguém faz perguntas. Nem aqueles que os condenam e acham que aquilo está errado, mas todos comentam. Todos olham interessados, pois Makarska nunca viu nada igual. Ninguém ri deles. Pois ainda há algo de estranho no ar quando Dora e Luka estão juntos. Não é nem paz, nem tormenta. Recende a tangerinas, amêndoas torradas, mar, biscoitos recém-assados e primavera. Como se estivessem envolvidos por uma nuvem. Alguns afirmam que a nuvem é azul-turquesa, outros sustentam que é laranja. Domica, a idosa sem idade que continua sentada na frente de sua casa à beira da floresta entre a Riva e a praia, diz que a nuvem é azul-clara, quase branca, como o céu no verão. Diz isso meneando a cabeça, como se quisesse dizer alguma coisa, e fecha os olhos cegos. Desde que ela vaticinou o terremoto há 23 anos, as pessoas têm um pouco de medo dela, alguns até respeito — mas sempre voltam a se aconselhar com a mulher. Principalmente jovens apaixonadas. Domica espera que Dora também volte logo a visitá-la. Ela diz saber muito bem o que Dora precisa fazer. Alguns juram ter visto uma sacola com o nome de Dora no armário de ervas de Domica.

Há muito tempo, Dora não mora mais no hotel. Ficou caro demais e ela ainda não é suficientemente famosa. Logo depois de sua chegada a Makarska, ela visitou sua tia Marija, que continua fazendo o melhor bolo de chocolate e que ficou muito contente em rever Dora. Pois, durante todos aqueles anos, Marija mal teve contato com sua prima Helena, portanto, também não soube mais nada de Dora e seu sucesso profissional. Tampouco sabia da separação dos seus pais e da nova vida de Helena. Dora não passa muito tempo em casa, no quartinho que sua tia lhe colocou à disposição, mas Marija se contenta com pouco, "melhor que nada", ela diz, e, se Dora não pernoita em casa, ela não briga, mas assa uma torta maravilhosa para tentar seduzi-la a ficar lá. Tia Marija também ouve o que as pessoas dizem, mas não se mete. Ela vê como Dora está feliz, vê como os olhos e o rosto inteiro de Luka brilham quando ele vem buscar Dora no portão. Ela não consegue dizer nada, pois também se lembra ainda daquela época, quando eles ainda eram crianças, e então tudo fica claro para ela e ela se limita a dizer às pessoas, "pensem naquela época!", e eles se lembram, como se fossem elefantes de verdade, e nos seus rostos aparecem rugas, pois eles não sabem como tudo vai terminar e, o que é pior para eles, não sabem mais o que pensar, se é bom ou se é ruim. Assim, as pessoas de Makarska continuam bem ocupadas, pois aquela cidade nunca viu nada igual.

Dora não se importa com essas pessoas, ela fica agradecida com o apoio da tia, isso lhe basta. Mas há outras pessoas que são gentis com ela. Assim, ela não teve dificuldades em achar um emprego em uma agência de viagens. Ali, cuida de turistas franceses; não são muito numerosos, portanto, tem bastante tempo livre. Por outro lado, são generosos com as gorjetas, principalmente quando descobrem que ela é atriz e está lá devido a uma paixão. Na verdade, ela nem precisa de muito dinheiro. Luka e o bolo de chocolate da tia lhe bastam. O que pode haver de melhor para o corpo e a alma?!

Quando ela volta para casa naquela noite, depois da excursão com Luka, uma jovem a espera no portão. O primeiro pensamento de Dora é: Klara. Mas ela acha que conhece aquela jovem, quase uma menina ainda, de cabelos loiros claros; ela lembra algo que aconteceu há muitos anos em outra vida. Dora sente a agitação e o calor subirem por ela e sorri, mesmo diante do rosto sério da visitante, que permanece assim.

— Você é Dora. — Não é uma pergunta. E ela não espera a resposta. — Eu sou Ana. A irmã de Luka.

— Ana.

Naturalmente! Claro! O primeiro público vivo de Dora.

— Ana. Que bom.

— Não tenho muita certeza disso.

Ana diz isso lentamente, como se tivesse medindo cada palavra, encontrando-as nas curvas ocultas do cérebro. Como se, desde o seu último encontro, tivesse vivido em uma ilha solitária, sem ser capaz de falar.

Dora estende a mão para Ana, sem tocá-la, no entanto. Consegue ler algo no rosto dela — uma profunda inquietação, uma vontade de ser determinada, mas também uma nostalgia reprimida. Portanto, Dora não faz nada. Espera. Ana silencia. Dora não a convida para entrar. Apenas espera as próximas palavras de Ana. Além disso, esperar é sempre bom quando reina a falta de clareza.

Passam-se alguns minutos. Elas apenas se entreolham.

— Preciso falar com você.

— Pois não.

— Quero que você vá embora. Volte para o lugar de onde veio.

Dora não diz nada. Espera. Mas está um pouco surpresa.

— Luka tem uma família. Uma filha. Ele não precisa de você. Deixe-o em paz. Ele poderia ser feliz com as duas, você apenas precisa deixá-lo em paz.

Dora pensa, mas não retruca. A cada palavra proferida por Ana, de modo cada vez mais rápido, como se finalmente tivesse encontrado o esconderijo, ela fica mais confusa.

— Ele gosta de Klara, estão juntos há muito tempo, já se conhecem faz uma eternidade, viveram muita coisa juntos. Klara já perdeu um filho dele, eles têm um passado. Ela sempre viveu para ele, nunca partiu, nunca o esqueceu. Nunca. Sempre perguntou por ele, nunca se envergonhou, não, dá para confiar nela. Você, não. Você irá embora, vai abandoná-lo, vai machucá-lo, e eu vou ter que cuidar de tudo novamente, dele e da sua família, você não vai pensar em nada, vai embora para se tornar atriz, eu soube que você, de fato, virou atriz, meus parabéns, assim você tem o que sempre quis, suas fotos nas revistas... O que você ainda quer aqui? Ninguém te quer aqui...

Dora dá um passo para a frente, quer abraçá-la, pois Ana tem no máximo 3 ou 4 anos naquele momento, e Dora a compreende, e sabe como foi para ela quando todos foram embora, pai, mãe, irmão, e Dora também foi a primeira a ir. Portanto, ela quer abraçar Ana e pedir desculpas, mas Ana a surpreende e a si mesma dando um tapa no rosto de Dora.

Dora coloca a mão sobre a bochecha e Ana olha para ela.

— Sinto muito. Por favor, me desculpe.

Em seguida, Ana sai correndo como um gato que foge de um cachorro bravo.

Dora quer correr atrás dela, mas então se lembra de que um pequeno grupo de turistas belgas está esperando que ela lhes mostre os restaurantes de Makarska.

Ela esfrega a bochecha ardente e entra na casa. No alto da escada, tia Marija balança a cabeça.

— *Dorice moja*, filha — diz ela, lamuriosa. — Aonde isso vai levar? — perguntam seus olhos preocupados. — Aonde isso tudo vai levar?

Marija não sabe muito sobre essas coisas, nunca foi noiva, nunca se casou, cuidou dos pais e fez bolos e pensou, só isso. A única incerteza da sua vida é se o fermento presta ou não. A vida deve ser fácil, pensa Marija. E agora isso. Dora, sua pequena Dora.

À meia-noite, Dora se despede de seus turistas diante do Hotel Meteor, o mais novo, o maior da cidade. Enquanto todos estão se abraçando e beijando, Dora caminha lentamente em direção ao Hotel Park, onde Luka trabalha no turno da noite. Ela segue o caminho ao longo da praia na baía de Donja Luka. Não tem pressa. Seus passos são cuidadosos, como se tivesse bebido demais, o que naturalmente não fez. Ela observa seus dedos nas sandálias e reflete. E se assusta quando mais um par de pés femininos entra em seu campo visual. Ana.

Ana parece cansada. Como se já tivesse dormido e depois sido acordada por alguém que a levara à força.

— Preciso falar com você.

— Isso é um eufemismo para tapa na cara?

— Sinto muito. De verdade.

Dora não responde. Ainda está pensando. E já é bastante tarde. E Luka espera por ela. Embora essa conversa já devesse ter acontecido e pudesse ser bem interessante.

— Não sei por que fiz aquilo.

— Provavelmente você estava com raiva.

— Pode ser, mas não tenho o direito.

Dora não fala sobre o que está pensando, nem diz por que, em sua opinião, Ana está tão furiosa. Ela apenas pensa, e já é tarde. E Luka espera por ela.

— Não me lembro muito bem de você, mas o sentimento ficou e o tabu que envolvia dizer seu nome.

Ana sorri, constrangida. Dora também sorri. Ela entende. Também teve seus tabus, durante 16 anos.

— E agora?

— O que você pretende? Essa é a questão.

Ana olha para Dora, cansada e com expectativa.

— Não sei. Eu amo Luka. E ele me ama.

— Mas ele é casado. E tem uma filha.

— Ele se casou por motivos errados com a mulher errada. Ele me ama, eu sou a vida dele. Nada mais importa.

Dora também está cansada e lhe desagrada ter que explicar questões que só dizem respeito a ela e a Luka.

— Isso é muito egoísmo e muita falta de responsabilidade.

— Você quer que ele passe a vida toda ao lado de uma mulher que ele não ama, sabendo que eu existo em alguma parte do mundo? É isso que você quer para o seu irmão?

Dora sente as lágrimas chegando. Dá um passo para o lado e quer ir. Ana segura o braço de Dora e ela para.

— Eu quero que ele seja feliz, mas, mesmo assim, ele tem compromissos. Não devemos pensar apenas em nós.

Dora olha muito tempo para ela sem dizer nada. Não há mais o que dizer. Ana tem o direito de pensar o que quiser. Dora não precisa convencê-la de nada, não é seu dever.

—- Eu quero ir agora.

A voz de Dora é pequena.

— Vai encontrar Luka?

— Sim.

Dora aperta a mão de Ana e se afasta, lentamente, hesitante. Quando chega ao final da escadaria de pedra, ela ouve Ana dizendo:

— Eu te odeio.

E as palavras a atingem na medula. Todo o seu corpo dói, como depois de um salto fracassado do trampolim de 10 metros. Ela sobe a escada correndo e se detém sem fôlego diante da entrada de vidro do hotel. Na recepção, vê Luka conversando com Jozo, o rapaz do bar, que parece estar a caminho de casa. Eles dão gargalhadas e Jozo bate com a mão na perna. Os olhos de Luka brilham verdes como, como... ah, Dora não tem ideia, nenhuma comparação seria adequada, mas aqueles olhos pertencem a ela. E só isso importa.

Ela entra. Luka a nota e para de rir. Abre os braços. Dora chegou em casa.

26

Luka está diante da geladeira aberta, tentando refrescar o corpo e encontrar um pouco de ar fresco, respirável. E não são nem 6 horas da manhã! Será um dia extremamente quente.

Em casa tudo está em silêncio, embora ele não acredite que alguém possa estar dormindo, não com este calor. Ele pega o leite na geladeira e fecha a porta. Quer se sentar à mesa quando vê Klara na porta da cozinha. Ela está parada, olhando para ele, sabe-se lá há quanto tempo. Luka tenta sorrir, mas não consegue muito. Diz "bom dia", mas Klara apenas continua olhando para ele. Luka decide não sentar, de repente sente pressa e bebe leite direto da caixa. Em pé. Isso faz bem. Refresca-o por dentro. E já dá o primeiro passo rumo à porta.

— Sente-se, Luka.

A voz de Klara está bem desperta, como se ela nem tivesse dormido. Luka não tem como saber. Há meses, desde que Klara voltou do hospital com a filha, ele dorme no sofá da sala.

— Preciso ir, devo estar no hotel às 6.

— Sente-se, é importante.

E Luka volta a sentir o calor insuportável, suando, e sabe que terá de trocar a camisa.

— Precisa ser agora?

— E você, por acaso, vai ter tempo mais tarde?

Luka não responde. Ela tem razão. Ele nunca terá tempo. Como nos últimos meses: está sempre fugindo. Talvez esteja realmente na hora de parar e esclarecer tudo.

— Está bem, agora. — Ele se senta à mesa da cozinha. — Agora estou aqui.

Klara se aproxima e se senta do outro lado da mesa. Há muito tempo que Luka não via mais o seu rosto de tão perto. Ela está cansada, exausta e infeliz; há pouca vida em seus olhos. A visão dela é dolorosa. Ele não consegue suportá-la.

— O que está acontecendo?

A voz de Klara treme um pouco.

— Como assim?

Luka sabe o quanto esta pergunta é boba e até ofensiva, mas precisa juntar coragem.

— As pessoas falam, Luka. Nesta cidade não se pode manter segredo de nada.

— Eu sei.

Ele inspira fundo e expira. Klara começa a chorar sem fazer ruído, e para Luka este é o sinal. Agora ou nunca.

— Eu a amo, ela significa tudo para mim. Eu a conheço a vida inteira. Ficamos separados por 16 anos e nos encontramos por acaso em Paris, e é isso. Eu a amo.

De repente, fica mais fácil respirar, seus pulmões estão cheios de oxigênio, ele poderia decolar. Acabou o pesadelo. Finalmente. Ele conseguiu. Saiu. Tudo foi dito. Irrevogável. E ele sente a necessidade de sorrir e percebe como seu rosto se aclara. Cheio de orgulho.

— Eu a amo.

— E eu? E Katja?

Klara fala e chora. Quase sussurra.

— Klara, você sabe por que nós nos casamos. Você sabe, foi só por causa do bebê, senão...

Não é fácil para Luka dizer isso. Ele não tem nada contra Klara, na verdade tudo é culpa dele. Ele voltou a ficar com ela contra sua vontade. Ela sempre esteve lá. Sim, mas ele teve a opção, ninguém o obrigou. Ele não refletiu sobre nada. Ela estava lá, aceitou tudo, nunca disse ou perguntou nada, nunca reclamou. Simplesmente estava lá. Maldição! E ele nunca se importou com ninguém, Klara ou qualquer outra. E agora eles são casados e ele reencontrou Dora. E o bebê também está aí, sua filha. Katja. Sim, esse é o seu nome: Katja.

E de repente ele precisa se levantar, deixa a cozinha apressadamente e quase corre para dentro do grande quarto onde fica o bercinho, onde sua filha dorme apesar do calor, de boca aberta. Katja. Suas mãozinhas se agitam, parece que ela está lutando contra um espírito. Katja. Sua filha. Ele se inclina sobre o berço e coloca cuidadosamente o indicador na sua bochecha. Ela para um segundo como se estivesse surpresa, depois continua dormindo, inquieta.

Luka sente uma mão tocando suas costas. Klara está atrás dele.

— Olhe para a nossa filha. Sua filha. Ela não merece ter uma família de verdade?

Não é uma pergunta que possa ser respondida. Luka observa o rosto minúsculo. Nada está certo, muito menos a família da qual Klara está falando.

— Você consegue imaginar não vê-la, não passar todos os dias com ela, segurá-la...

As costas de Luka se retesam. Ele sua novamente. Antes de compreender, ele percebe o que está acontecendo neste momento. Mesmo sem jamais tê-la segurado. Nunca ter passado tempo com ela. Tem sido um péssimo pai. Neste momento, ele começa a odiar Klara. A partir desse momento, a culpa é dela.

Luka sai do quarto e da casa sem dizer uma palavra. Da sua vida. Sem ter trocado de camisa.

27

O sol de agosto queima a pele, até mesmo na sombra. Dora toma seu segundo copo d'água. Ávida. Como se não houvesse o bastante para todos. Ela está com um vestido branco esvoaçante. Óculos de sol e um chapéu de palha. Toda equipada. À sua frente, Zoran. Os óculos de sol dele estão na mesa ao lado de um copo de cerveja. Eles se entreolham. Não vai ser uma conversa fácil. É sobre a pessoa que ambos amam acima de qualquer outra coisa.

— Então, o que o senhor quer me falar?

Dora não se sente tão segura quanto parece, mas não esqueçamos: fingir faz parte de sua profissão.

— Eu me lembro de você quando era muito pequena. Andando com Luka por toda parte, inclusive com o barco. Vocês eram inseparáveis.

Um caso claro de nostalgia paterna. Seu olhar está vago. Dora não vê muito nesse olhar, no máximo um menininho e sua amiguinha ainda menor.

— É sobre isso que quer falar comigo?

Essa frase tinha que ser dita.

— Não, claro que não. — Zoran volta à realidade. Sorri calorosa e afetuosamente. — Apenas quis te dizer com isso que sei do que se trata, de quão antiga é a história de vocês. Que eu sei quem você é. Para o meu filho. — Seu olhar se dirige à garrafa de cerveja, mas ele não bebe. — Luka lhe contou que eu abandonei a família naquela época? Eu simplesmente desapareci.

— Sim. Quero dizer, Luka me contou que o senhor passou alguns anos fora. — Dora sabe de tudo. Mesmo assim, está surpresa com o que está ouvindo. E que está ouvindo aquilo.

— Foi terrível para todos. Para mim também, mesmo eu sendo quem partiu. Não achei mais tranquilidade. Achava que devia a mim, aos meus filhos e, é claro, a Antica ser honesto e agir de acordo com os meus sentimentos. — Zoran brinca com a garrafa vazia. Como se ela fosse a vida dele. Sempre se trata de tudo ou nada. Ou isso ou aquilo.

— Eu também acho que temos que ser coerentes conosco.

Na verdade, Dora não se sente à vontade para falar. Sente que algo está errado. Tudo soa correto, ou quase, mas algo está errado. Ela quer se levantar e sumir. Mas continua sentada.

— Não adiantou nada. Para ninguém. Antica se suicidou, Luka abandonou primeiro a si próprio, depois aos outros. Ana se tornou adulta prematuramente. Eu estava só e abandonado. Tudo deveria ter sido diferente. Eu deveria ter me preocupado mais. É preciso se esforçar. E não desistir logo.

Dora tem a resposta na ponta da língua.

— Sim, quando é algo que merece o esforço. Absolutamente.

Ela diz essas palavras com ênfase. Com tanta paixão que Zoran procura seus olhos e acena, triste.

— Se pudéssemos ter tanta certeza!

Ele soa quase desesperado. E de repente Dora sabe muito bem do que se trata e o que deve dizer.

— Luka e eu, isso vale qualquer esforço. Nós pertencemos um ao outro. — E assim tudo foi dito. Segundo a opinião de Dora.

— Não me leve a mal, filha, mas acho que tudo deveria ficar como está. Você tem a sua vida e Luka tem a dele. Qualquer outra coisa seria muito complicada.

Zoran fala baixo, sua voz é abafada, como se tivesse vergonha das suas palavras. Só um pouco, mas é vergonha.

— Não se trata de simples ou complicado. Trata-se de duas pessoas com afinidade eletiva.

Dora está determinada e segura.

— Afinidade eletiva. Uma bela expressão. Mas isso existe?

— Olhe para mim e Luka. Nós somos a resposta a esta pergunta.

— Isso é muito complicado. Acho que quanto mais simples, melhor. — Pausa. — Não me leve a mal.

— Zoran, nada aqui é fácil, e nem seria se eu desaparecesse. Pelo contrário. Essa mulher o chantageia. Ela o ameaça de nunca mais ver a filha. Como se ela pudesse proibi-lo, como se tivesse o direito de decidir.

Dora mordisca o lábio inferior e seus olhos se estreitam. Ela está se tornando má. Pronta para subir nas barricadas.

— Isso é simples para o senhor? O senhor quer mesmo que seu filho passe a sua vida com uma mulher dessas?

Zoran não faz menção de querer dizer alguma coisa. Sua cabeça pende, como depois de um dia cansativo de trabalho. Como se tivesse havido várias reservas dobradas e ele tivesse que buscar lugar para dúzias de hóspedes em outros hotéis. Ele se agarra ora à garrafa, ora ao copo. Sem tomar nada.

Dora se levanta devagar. Subitamente, está bem calma. Quase sem movimento, como se tivesse desistido ou como se de uma hora para outra tudo lhe fosse indiferente. Ou como se ela tivesse vencido. Ela olha objetivamente para Zoran. Não tem nada a perder. Por isso, ela se permite dizer que sente pena dele. Em seguida, ela sai. Atravessa o terraço e desce os degraus até o passeio da praia. Diante dela, Donja Luka brilha ao sol quente do meio-dia. Depois ela segue reto, passando pela casa amarela, rumo ao farol. Depois à esquerda, pela costa rochosa. Até o rochedo.

28

Luka acorda de repente. Não sabe onde está. Sonhou, e não foi agradável. E está completamente suado. A temperatura no quarto deve ser de 40 graus. Dora dorme a seu lado. Ele a observa amorosamente e curioso. Ainda mais curioso. Tudo nela o surpreende, sempre de novo. Ele ama aquilo que conhece. E se apaixona por aquilo que ainda não conhece. Mas tudo lhe é familiar, absolutamente tudo, como se ele já conhecesse. Luka é insaciável quando se trata de Dora.

Ele tenta se levantar sem acordá-la. Mas a cama range. Dora murmura algo incompreensível nas dobras do lençol. Luka se esgueira até o banheiro e fecha a porta. Adoraria tomar uma ducha, mas não quer fazer muito barulho. Além disso, será bem melhor tomar banho junto com Dora. Por isso, vai na ponta do pé até o terraço, na esperança de sentir uma brisa refrescante. Sem chance. Nenhum *maestral* naquele fim de tarde. O mar está calmo, meio oleoso até. Nenhum movimento, em parte alguma. Tudo parado, esperando.

— Luka!

Dora o chama suavemente.

Com um salto ele está ao seu lado, o que não chega a ser uma vantagem naquele pequeno quarto de hotel. Ali eles se encontram sempre que está desocupado, o que felizmente acontece muitas vezes, precisamente por ser tão minúsculo, modesto e pouco representativo. Passaram ali inúmeras noites. Deliciando-se com o mar. Silenciando com ele. Rodeados de pinheiros que dão uma sombra salvadora. Luz em excesso. Quando temos segredos.

Quando não queremos ser perturbados. Quando a presença de qualquer outra pessoa é um fardo. Quando conseguimos fazer tudo melhor na penumbra. Quando conseguimos tocar qualquer canto do quarto a partir da cama.

— Dora — ele sussurra em seu ouvido. Naquele minúsculo quarto de hotel. Que é como um mundo inteiro. Como uma vida inteira. Sem fim. Infinito. Como as profundezas dos oceanos. Inexplorado. Misterioso. Amedrontador. Irresistível. Fascinante. Como a quantidade de estrelas. Desconhecida. Misteriosa. Indestrutível. Imortal.

— Luka!

Dora se vira e deita de costas, puxando-o para cima de si. Um beijo para registro.

— Eu estava esperando você, vamos tomar uma ducha.

— Por que tanta pressa?

E já estão se amando novamente e o mundo parece estar em ordem. O mundo que não tem noção das coisas, e eles, neste mundo.

— Dora...

— Sim?

— Eu te amo... — amo só a ti sempre a ti por toda a minha vida tu és o ar que respiro a batida do meu coração és infinita dentro de mim és o mar que vejo colocaste na minha rede os peixes que pego tu és o meu dia e a minha noite e o asfalto sob os meus sapatos e a gravata no meu pescoço e a pele no meu corpo e os ossos sob a minha pele e o meu barco e minha refeição e o meu vinho e os meus amigos e o café matinal e meus quadros e meus quadros e a mulher no meu coração e minha mulher minha mulher minha mulher...

Mundo ingênuo!

— E como vamos seguir agora?

Luka silencia. Não quer dizer que não tem ideia. Isso ela já sabe.

— As coisas não podem continuar do mesmo jeito.

— Eu te amo.

— Isso é suficiente?

Luka silencia. Não quer dizer que não tem ideia. Isso ela já sabe.

— Por que você não consegue se separar dela?

Luka deixa a cabeça pender. Sente-se mal. Dora vê como ele está cansado, dilacerado, exaurido da luta entre querer e poder. Essa vida dupla o envergonha e esgota suas forças.

— E não venha me dizer que é por causa de Katja. Ninguém pode te proibir de cuidar da sua filha, de vê-la. Isso tudo não passa de chantagem.

Dora sente que está ficando nervosa mais uma vez e que esta conversa novamente apenas vai humilhá-la. Pois ela não precisaria disso tudo, deveria estar muito claro. Simples, como diria Zoran.

— Se você pudesse estar comigo...

Isso a deixa furiosa, pois ela entendeu. Ele não tem coragem de agir. E o fato de amá-la não significa nada. Não é o bastante.

— Não aguento mais. Vou embora.

E logo ele está junto dela, jurando que jamais deixaria isso acontecer, que ela é a sua vida, sem ela, ele estaria morto. E Dora não tem forças para se defender, ela sabe que vai morrer se nunca mais puder ser tocada por ele, se nunca mais puder ver seus olhos. Todo dia. O dia inteiro. Ela não suportará. Tudo é simples e unívoco e ela não tem muita escolha. Ela deixa que ele a abrace, a console e a convença a ficar. E eles se amam. Depois, passeiam pela cidade. Sem disfarces, de mãos dadas. Mas Dora sabe que isso não é nenhuma vitória. O lar dele não é o dela. Em algum momento do dia, seus caminhos se separam, seja simplesmente porque ele precisa trocar de camisa ou fazer a barba. É a mulher de Luka quem passa suas camisas. Dora se sente enojada. Quanta mentira neste mundo! É tudo uma vergonha. Um dia, todos virarão estátuas de sal.

Dora e Luka sabem que esta não foi a última conversa do mesmo tipo. Por isso, estão sempre vigilantes. Observam-se secretamente. Ameaçam ruir.

E era para ser tão simples!

Luka acorda de repente. Não sabe onde está. Sonhou, e não foi agradável. E está completamente suado. A temperatura no quarto deve ser de 40 graus. Ele sente um toque suave nas costas. Dora. Ele abre os olhos. Diante dele, uma mesa baixinha. No canto, um televisor, ao lado, uma janela com as cortinas fechadas, está escuro. À esquerda de sua cabeça, uma poltrona. Não é um quarto de hotel. Isso está claro. E ele também já sabe onde está. Está deitado no sofá da sua sala e ainda sente uma mão nas suas costas. A mão se mexe. Devagar. Não pode ser Dora. Simplesmente não pode ser. Ele salta do sofá. Está de cueca, enquanto Klara ainda está inclinada sobre o sofá, olhando para ele. Luka conhece esse olhar, apesar de não vê-lo há tanto tempo. Ela está com uma camisola vermelha transparente que deixa ver nitidamente o seu corpo ainda um pouco pesado por causa da gravidez. Ele desvia o seu olhar do dela. Ela se ergue e diz, baixinho:

— Luka. — Sua voz está rouca, repleta de passado. Luka consegue reconhecê-la. Mas não tem interesse. Está mais assustado do que furioso.

— Luka — diz ela, se aproximando. Mas Luka estende a mão, como para se proteger, para detê-la. — Mas você é meu marido — diz ela suavemente, quase sem mexer os lábios.

Luka dá um passo para trás, o braço ainda estendido. E mais um. Balança a cabeça. Não quer. Não a deseja. Tampouco quer humilhá-la. Mas ela insiste.

— Klara, deixa disso! — Nada acontece, ela está diante dele, a sua mão não tem forças, ela se encosta nele e ele fica tonto de tanto enjoo. Ele dá um passo para trás e diz: — Não, Klara, não, eu não quero!

Mas as mãos dela estão nos seus ombros, a boca repousa em seu peito.

— Não, Klara, não!

Ela continua.

— Você é meu marido, eu te amo, eu te quero. — E seu corpo se comprime no dele e ele sabe que vai ter que vomitar. Teme perder a consciência.

— Não! — grita ele, sem se importar se alguém o escuta e acorda; ele tem a sensação de precisar lutar pela sua vida. Por isso, empurra-a com toda a força e voa pelo quarto, passando de raspão pela mesinha de café e aterrissando no tapete na frente do sofá. Ela não se mexe. Simplesmente permanece ali, deitada.

Luka escuta. Está escuro no quarto, ainda é noite. Nada se move. Ele conseguiu! Em seguida, ouve um gemido baixo, um ruído que normalmente vem de animais. Luka vai na direção de Klara.

— Klara, levanta — diz ele, mas nada se mexe, e ele não recebe nenhuma resposta. Ele a observa deitada ali no chão. Sua camisola escorregou para cima, ele pode ver suas pernas e suas nádegas nuas. Não sente nada. É como se estivesse morto. A sensação de humilhação toma conta dele lentamente e ele corre para o banheiro. Inclina-se sobre a pia, não poderia arriscar um encontro com seu reflexo no espelho. Bebe água da torneira. Ele não consegue parar. Mas acaba parando porque não consegue mais respirar, mas deixa a água correr. Apoia-se na pia e balança a cabeça veementemente, como se quisesse se libertar das imagens que acabou de ver. Uma vez para sempre.

Para sempre. Dora.

Ele não sabe quanto tempo ficou trancado no banheiro. Quando abre a porta e adentra a sala, ela está vazia. E clara. Luka se veste apressadamente, sem fazer barulho, e deixa o apartamento. Só tem um único pensamento: Dora.

29

No começo de setembro, chegou a hora.

É uma manhã fresca e ensolarada. Dora acompanha um grupo de turistas franceses para Split numa excursão de um dia. Às 9 horas ela deve estar no porto, onde o ônibus estará esperando por ela. Antes, ela quer ir à padaria comprar pão fresco para ela e tia Marija, pois hoje querem tomar café juntas, o que não é muito frequente.

Sonolenta, ela abre a porta de casa. E dá de cara com Klara. Dora sabe logo: só pode ser Klara. Pois, assim como está escrito na testa de Dora que ela é a mulher que ama Luka, está escrito na testa daquela mulher que ela é esposa de Luka. Até a aliança em seu dedo tem o seu nome.

Dora para por um momento, depois tenta prosseguir. Não tem nada a dizer àquela mulher.

— Quero que você vá embora. Que saia de Makarska e deixe o meu marido em paz.

Dora para. Raciocina brevemente. Depois, vira-se e se posta diante de Klara. Elas têm praticamente a mesma altura. Mas Klara não tem boa aparência. Está magra, como se tivesse emagrecido rápido demais, e pálida, e seus olhos estão avermelhados e inchados. Está desesperada. Mas Dora não tem compaixão. Cada um cuida de sua vida.

— Ele me ama. Só a mim. Isso não vai mudar.

— Eu sou a mãe de sua filha.

— E daí? Ele me ama. E ele ama a filha dele. E você deveria parar de chantageá-lo.

— Ele é meu marido. Casou-se comigo.

— Porque você estava grávida. Como consegue viver assim?

Klara começa a chorar. É demais para Dora. Além disso, passam pessoas e assistem a tudo. Não ficam paradas, passam devagar, bem devagar pelas duas mulheres. Cochicham. Cabeças se tocam. Dora se sente como se estivesse num palco. Mas nem por isso se sente bem. Preferiria que a cortina se fechasse.

— Mas eu o amo. O que faria sem ele?!

Felizmente, Klara fala baixo.

— Eu também. E ele é meu.

Dora vê o rosto da outra mulher, contorcido de dor e ódio. Acabou. Ela precisa ir embora, e vai levar Luka junto. Aqui ele morreria. Sufocaria.

Ela sai correndo. Tem a sensação de jamais conseguir parar.

No fim da tarde, ela voltou de Split. Rostos contentes saltam do ônibus. Dora ganha muitas gorjetas. Ela se despede do motorista, o ônibus parte. E Luka chegou. De repente, volta tudo o que ela tentou esquecer durante o dia. Luka dá um sorriso fraco. Está esgotado e seus ombros pendem para baixo, sem ânimo. Dora preferia nem ter saltado do ônibus. Preferia ter ido até a garagem, se fosse o caso. Não importa. Tudo menos ficar dentro dessa falta de perspectiva.

Luka a abraça sem dizer uma palavra. Abraçados, afastam-se da cidade e de suas luzes. Em direção ao rochedo. Longo silêncio, interrompido apenas por alguns beijos fugidios. Uma sensação de paralisia os acompanha como se fosse um cão fiel. Seus passos são cuidadosos. Hesitantes, às vezes. E depois ficam sentados no rochedo. No seu lar secreto. Onde o passado é tão presente quanto o momento atual. Onde suas vidas se encontram para se reunir.

— Sabia que há alguns anos encontraram aqui perto o cadáver de uma mulher?

— Não pode ser! Suicídio?

Foi um dia comprido, pelo jeito também para Luka, pois ele simplesmente permanece sentado, olhando para ela. O verde dos seus olhos está apagado. Dora encosta seu rosto no dele.

— Não. Alguém a assassinou.

Já é noite. Está fresco. Céu sem nuvens. Em breve a lua estará cheia. O ar está parado. Eles estão sentados como num quadro de museu.

— Um assassinato... Aqui é tão pacífico.

— Foi o marido. Ele se entregou à polícia e confessou. Queria se ver livre dela.

— Claro. O que mais poderia ser?

Silêncio. Silêncio, como se sabe, é ouro. Talvez.

— Por que você me conta isso?

— O motivo foi passional, dizem os jornais da época. Eu guardei os recortes.

Luka fala cada vez mais devagar. Foi um dia comprido. Em todos os sentidos.

A lua brilha clara. E a água reflete a sua luz. Em algum lugar da escuridão azul aparecem alguns barcos de pescadores. O ronco de um motor. O ruído de remos na água. A vida não para.

O silêncio é mágico, lindo e tão irreal. Mesmo que não se possa parar a vida, ela pode parar de vez em quando, fazendo parecer que ela faz uma pausa. E nesses momentos vemos nossa vida como se fosse através de um binóculo. Dependendo do jeito de segurar, temos a visão panorâmica ou detalhada. E nos admiramos ou nos desesperamos. Respiramos, aliviados, felicitamo-nos, tudo é possível.

— Geralmente, o motivo é amor ou dinheiro.

— Ele amava outra e sua mulher não o deixava ir embora. Ele ficou desesperado. Não viu mais saída.

— E essa era uma saída? Uma solução?

— Não importa. Ela morreu e ele ficou livre.

— Livre? Ele foi preso ou não? Ele se entregou, foi o que você disse, não?

Dora se levanta e anda pela rocha, como se seguisse uma trilha invisível.

— Sim, mas ele se livrou dela. Ele não precisava ter se entregado, não acha?

Luka diz isso com hesitação, embora a ideia não seja recente na sua cabeça.

— Luka, o que você está tentando sugerir? Espero que não seja nada disso.

— Não, claro que não.

A resposta veio muito rápida.

— Luka!

— Poderíamos fazer isso, mas sem nos entregar! Seria a solução dos nossos problemas!

Luka fala rápido com ela, até ela interrompê-lo.

— Cala a boca!

Dora dá as costas para Luka. Fica de frente para o mar. O silêncio da água. As luzes. Fecha os olhos. E pelo instante mais breve da história ela permite que esse pensamento aflore. Ele é inimaginável e libertador ao mesmo tempo. É como um bálsamo, pois é irreal. Proibido. E jamais Dora admitirá ter tido esse pensamento nem mesmo no instante mais breve da história do tempo.

— Dora?

— Não diga nada! Nunca mais. E eu vou fingir que nós jamais falamos sobre isso. Nunca.

Luka abre a boca para retrucar.

— Nem uma única palavra. Estou falando sério.

Dora está à beira do rochedo, sem forças.

— Mas minha vida não é nenhum melodrama hollywoodiano...

Ela soluça alto, como se fosse um melodrama.

Agora, Luka encontra forças para levantar e chega perto dela. Quer abraçá-la, mas ela o empurra, perde o equilíbrio e, se Luka não a segurasse, teria caído no mar. Ela pensa na mulher morta e começa a chorar. Luka a abraça, e desta vez ela permite. Está muito fraca e muito confusa para se defender. E se envergonha, ainda que secretamente.

— Perdoe, por favor, me perdoe, não sei o que aconteceu comigo, estou totalmente desesperado e tenho tanta raiva de mim e de Klara, ela me contou que te procurou hoje de manhã, sinto muito, me perdoe, eu não aguento mais isso, estou sendo devorado, me sinto tão desamparado, absolutamente impotente, me perdoe, esqueça o que eu disse, é tudo bobagem, olhe para mim, sou eu, seu Luka, só seu, nada aconteceu, confie em mim, me perdoe, por um momento eu enlouqueci, pensei...

Não é fácil dizer quem está segurando quem agora, protegendo o outro de cair. Ambos miseráveis no seu rochedo, assistindo mutuamente a como estão desmoronando.

Alguns dias se passam. Aparentemente, tudo como de costume. Dora e Luka passam cada minuto disponível juntos, amam-se no quarto de hotel que pertence a eles, mesmo que eles nunca tenham pagado; no barco, que está sempre à sua disposição; na praia, que à noite parece ser só deles. Fazem planos. Planejam sua vida em Paris. E em Makarska. Pois está claro que não querem abrir mão do mar. Imaginam onde morarão em Makarska, terá que ser um apartamento com um quarto para Katja. E em Paris terão que alugar um apartamento maior, pois o atual só tem um quarto, portanto não tem espaço para a filha de Luka, que virá visitá-los com a maior frequência possível. Escolhem e comentam papéis, recebem prêmios e encomendas, pintam, expõem e vendem quadros. E mais filhos são desejados, gerados e esperados com alegria. Novos nomes são lembrados e questionados, portanto inventam-se novos, que logo são descartados. Riem. Para sempre, claro.

Aparentemente, tudo como de costume.

Mais dias se passam e chega o dia 19 de setembro. Dora busca Luka às 18 horas no hotel. Querem fazer um passeio. Luka quer mostrar a Dora o lugar onde ele quer pintar um quadro. Ele o descobriu só recentemente. Dora fica feliz com o entusiasmo desenfreado de Luka. Não é longe, um breve passeio, passando por alguns outros hotéis. De mãos dadas, eles caminham sem pressa em direção ao camping, enquanto Luka fala do seu dia de trabalho, histórias de hóspedes que não sabem como funciona a torneira ou que não encontram o interruptor da luz e que reclamam que a lâmpada quebrou. Dora ri. Luka ri com ela. Cada uma...! Decididos, porém devagar, eles caminham rumo ao destino. Mais alguns passos e eles terão chegado.

É um pequeno cabo abaixo do passeio da praia, à sombra de um pinheiro alto, velho e torto. Meio escondido embaixo do pinheiro há um banco, que há muito tempo já foi verde. Agora só se veem restos esparsos da tinta original. A chuva e as pessoas que ali descansaram deixaram seus traços. Dora e Luka estiveram ali várias vezes. Até se amaram no banco. Passionalmente, brevemente. Com muitas risadas. Era algo proibido. Mas certa vez Dora também leu um livro naquele banco. Cigarras cantaram, crianças gritavam na água. Dava para ouvir as lanchas. É um lugar belo e agradável.

Luka salta do caminho e ajuda Dora a descer. Ele não a conduz até o banco. Agacha-se sob o pinheiro e fica em pé na borda do pequeno terraço natural. De lá não se pode ver o passeio na praia. E as pessoas de lá não podem ver quem está sob o pinheiro. Dora está ao lado de Luka. Precisa se encostar nele, pois o espaço é exíguo. Luka estende o braço e mostra para Dora o que quer pintar. Com o polegar e o indicador, forma uma moldura em torno do quadro. A perspectiva. Dora deixa sua mão deslizar pelas costas dele. Encosta a cabeça no seu ombro. Luka fala com muito entusiasmo, e nos breves intervalos beija Dora. O sol brilha, quente, embora já esteja perto do mar. O mar, por sua vez, dança num ritmo inimitável.

É um dia maravilhoso e um lugar encantador.

Por isso, Dora rapta Luka e o leva ao hotel. E fica feliz ao descobrir que o quarto deles está ocupado. Pois é mais fácil conversar em um quarto que não é o seu. É mais fácil manter a cabeça fria. É possível proferir frases sem ter medo delas. Um quarto de hotel é como um cenário esquecido de um filme. Milhares dessas palavras estão grudadas nas paredes, mordiscam o colchão, lambem os azulejos do banheiro, pendem nas cortinas transparentes. É possível fingir tudo. Recriar a própria vida, arruinar a vida. Matar-se sem perceber. Fingir que é para o bem de todos. Convencer-se a si mesmo. Fingir estar convencido. Num quarto como este. Um quarto como o outro.

— Eu viajo depois de amanhã para Paris. Venha comigo.

— Eu não posso.

— O que faremos, então?

— Não consigo mais.

— O que quer dizer?

— Eu não suporto mais isso.

— O que você quer dizer?

— Eu não consigo mais.

— Você se decidiu por ela?

— Preciso de paz.

— No lugar de vida?

— Não tenho coragem.

— Isso quer dizer que você está desistindo de nós?

— Quer dizer que sou um covarde.

— Então você me deixa partir.

— Eu quero morrer.

— Isso pode acontecer com nós dois.

— *Dois amantes felizes não têm fim nem morte, / nascem e morrem tanta vez enquanto vivem, / são eternos como é a natureza.*

— Isso é uma merda.

— Isso é Neruda.

— Você não tem mais o direito de declamar Neruda.

— Você é a minha vida.

— E você vai morrer.

— Dora.

— Para sempre.

... tu tens que te amar a fim de merecer a felicidade e ficar tens que ser forte abrir mão é mais fácil desistir é mais fácil sofrer é mais fácil...

— Dora.

30

— Vamos, *zlato moje*! Caso contrário, a multidão simplesmente nos vai engolir e não vamos conseguir ver nada!

Helena está inquieta. Preocupada, fica parada à porta do quarto de Dora. Não porque talvez realmente cheguem atrasadas para a inauguração no Pont Neuf. Não. Isso não importa, considerando o estado da sua filha. O projeto de Christo é importante, sem dúvida, o evento do século, mas Dora é o que há de mais importante. E ela não está nada, nada bem.

Dora está sentada na sua cama, o olhar vago. Sua vida está vazia. O mundo está vazio. E sem sentido. E cruel. Desnecessário. Inutilizável. A cabeça de Dora está oca. Nenhum pensamento, todos a abandonaram há três dias. Algumas imagens, mas nenhuma reflexão, nada de considerações ou reflexões. Ela não pode permitir que os sentimentos aflorem. É um ato muito consciente. Não sentir nada. Em hipótese alguma. Proibido, luzinhas vermelhas indicando perigo piscam incessantemente. Dora não sabe nem se está respirando. Provavelmente sim. Ela olha para o peito — sim, ele se mexe, portanto ela está respirando. Mas ela não sente. Ouve a mãe falando. O significado das palavras não a atinge. Dora está ausente. Na sua vida, que deixou de existir. Não quer nem morrer. Ela não tem desejos nem vontades. Esperar é só o que ela pode fazer agora. Esperar que a vida a reencontre. Isso pode demorar um pouco, pois ela está bem escondida.

Luka está sentado no sofá da sala, o olhar vago. Sua vida está vazia. O mundo está vazio. E sem sentido. E cruel. Desnecessário. Inutilizável. A cabeça de Luka está oca. Nenhum pensamento. Todos os pensamentos o abandonaram há três dias. Algumas imagens, mas nenhuma reflexão, nada de considerações ou reflexões. Ela não pode permitir que os sentimentos aflorem. É um ato muito consciente. Não sentir nada. Em hipótese alguma. Proibido, luzinhas vermelhas indicando perigo piscam incessantemente. Luka nem sabe se está respirando. Provavelmente sim. Ela olha para o peito — sim, ele se mexe, portanto está respirando. Mas ele não sente. Não começou a contar. Isso ele iria lembrar. Mas não é necessário desmaiar. Luka está ausente de qualquer maneira. Na sua vida, que deixou de existir. Não quer nem morrer. Não tem desejos nem vontades. Esperar é só o que ele pode fazer agora. Não esperar que a vida a reencontre. Não, isso não existirá mais. Acabou. Viajou. Voou faz três dias. A vida se foi. Ele precisa desistir da vida e encontrar calma. Essa era a aposta. Mas poderia demorar um pouco até ele encontrar a paz. Ela se escondeu bem. Ou Luka.

— Venha para a cama, Luka!

Então ele não se escondeu tão bem assim!

Luka obviamente não responde. Logo Klara está ao seu lado, coloca a mão no seu ombro.

— Venha para a cama, é tarde.

Ela sabe. Qualquer um já sabe.

Para onde ele deve ir? Essa maldita cidade! Todas as esquinas estão cheias de fantasmas.

Luka levanta devagar sem olhar para sua mulher. Calça os sapatos que estão ao lado do sofá, pega a carteira sobre a mesa, deixa a casa sem dizer nada. Klara o chama. Ele fecha a porta sem fazer barulho, cuidadosamente, e corre, e corre, aparentemente sem rumo, sempre em frente. De repente, o barco balança na sua frente. Então ele tinha um rumo. Ele salta sobre o barco. Destranca a cabine e se deita. Na gaveta embaixo dela tem uma camiseta que não é dele, nem do seu pai, nem de Ana. É uma camiseta branca com um símbolo azul e vermelho. Algo chinês. Uma camiseta que não pertence a ninguém que está em Makarska agora. Está simplesmente lá, e isso faz bem, mesmo que Luka não a tire da gaveta. Ele não suportaria. Não conseguiria sentir o cheiro da vida que existe naquela camiseta. Ou ver imagens, não. Mas ele precisa estar próximo à vida. Luka é um mestre em autopunição. Seu olhar passeia e ele vê o estojo de pintura. Ele solta um grito curto. Pega o estojo velho e quer jogá-lo no mar, mas ele se desfaz em suas mãos, e pincéis, tinta, panos, tubos e vidros caem no chão. Cego de raiva, ele recolhe cada pecinha e joga tudo fora. Algumas coisas caem no mar noturno e calmo, outras caem no deque. A vida terminou, ele nunca mais vai pintar. Não merece. Pintar é um presente da vida. E ele morreu.

Suado e tremendo, Luka senta nos degraus da cabine e chora.

31

Enquanto o mundo inteiro festeja, admira ou teme a reunificação da Alemanha, Dora e Jeanne estão sentadas no restaurante Le Jules Verne no segundo andar da Torre Eiffel, um dos lugares mais caros de Paris, e brindam pelo 28º aniversário de Dora. É 1990.

— À sua saúde, *ma chérie*! E a muitos anos de sucesso como este que passou!

Jeanne já está com as bochechas vermelhas, ela não suporta bem o álcool, basta uma taça de vinho para ter dificuldades de se lembrar do próprio nome. Por isso, Dora toma conta dela, não deixa que tome mais do que uma taça. E isso só porque é seu aniversário, porque ela ganhou dois prêmios este ano e porque na semana passada começou a ensaiar uma nova peça. Um papel dos sonhos para ela, um papel que sempre encabeçou a sua lista dos preferidos: Maggie, de *Gato em teto de zinco quente*, de Tennessee Williams. O papel de Brick caberá a Philippe Dédieu, e isso a deixa contente. Ela o conhece desde a Academia — ele estava no final de curso quando ela começava, assistiu a quase todas as suas apresentações. Depois, ele sumiu dos palcos parisienses, tentou fazer carreira em Nova York, mas voltou para Paris há um ano para brilhar no papel de Hamlet. E agora vão se apresentar juntos. Dora está muito empolgada. Na sexta passada, tomaram vinho juntos depois do ensaio. Seus olhos estavam famintos, contou Dora à amiga Jeanne no dia seguinte, às gargalhadas, como uma estudante depois de seu primeiro beijo. Jeanne também riu. Continuam sendo melhores amigas, como naquela época em que iam ao Parc Monceau.

— Você está se apaixonando por ele — disse Jeanne.

E Dora respondeu:

— Bobagem. — Em seguida, riram e jogaram travesseiros uma na outra, como duas gatinhas brincalhonas. — Obrigada, Jeanne.

Dora toma o vinho lentamente e se delicia com cada gole, cada garfada da comida deliciosa em seu prato arranjado com bom gosto. É uma festa para os olhos e para o paladar, uma festa cara, mas isso não importa hoje. Ela está viva, vai bem, tem sucesso e pode se dar ao luxo de pagar um jantar desses. Ela vê a cidade abaixo delas e sente uma calma profunda a preencher. Mas também uma certa empolgação. Acima de tudo, gratidão. Ela está viva. Mesmo que existam temas e assuntos proibidos, principalmente certos nomes, uma cor de olhos, um sorriso. Totalmente secretos. Lembranças de dedos e lábios. Dora sente dificuldades de respirar.

— O que foi, Dora?

— Nada, eu apenas... nada.

Jeanne a olha desconfiada. Naturalmente sabe do que se trata. É sempre a mesma coisa. Um mínimo detalhe basta para redirecionar os pensamentos de Dora. Jeanne se preocupa. Depois de cinco anos... Mas no caso de Dora, nada mudou. Nada.

A vida, no entanto, é cheia de surpresas. No próximo instante, um homem bonito está ao lado de sua mesa e Dora pode voltar a sorrir.

— Philippe!

Philippe se inclina e dá um longo beijo na bochecha de Dora. Jeanne vê como Dora fecha os olhos, como se quisesse desaparecer dentro daquele beijo.

— Foi uma bela pescaria!

Luka concorda sem dizer nada, enquanto Vinko acende um cigarro. O freezer está cheio de peixe, o que significa muito dinheiro. Vinko tira o boné e coça a cabeça.

— Detesto esses bonés! Eles coçam sempre!

— Melhor do que orelhas congeladas.

— Ou cabelos congelados!

Vinko recoloca o boné na cabeça.

— Isso não deveria te preocupar, meu amigo!

Vinko finge que dá um soco em Luka e ambos riem. É gostoso o tempo que passam juntos, é um tempo calmo e relaxado. Luka está contente. Assim deve ser sempre. Sem volta. Cada vez mais, ele pensa no seu pai e no seu sumiço, simplesmente desapareceu, e o barco com ele. Na época, Luka sofreu com isso, mas hoje entende e gostaria de fazer o mesmo, se dissolver no ar ou na água. Desaparecer sem deixar rastro. Pois às vezes esta calma que ele escolheu é simplesmente insuportável; às vezes, a vida o surpreende, agride-o, enche-o com dor, euforia e desejo, e então ele precisa fugir. Para o mar. Ir embora. Para não ser obrigado a contar, para poder respirar. Pois agora que até Ana foi embora — há dois anos, ela de repente se lembrou que queria estudar, nada mais nada menos que medicina — não há ninguém aqui que cuide dele e de sua respiração. Então, ele não pode se dar ao luxo. Agora, ele foge. É a nova tática: fugir sem ir embora. Mas pelo menos resta a ilusão, uma tentativa. Fugir para depois voltar, para pelo menos sentir um cheiro da vida.

— O que você pretende fazer com o dinheiro? Comprar um boné novo?

— Muito engraçado. Muito mesmo!

Vinko apaga o cigarro e joga a guimba em uma lata de cerveja vazia. Latas de cerveja há à vontade, nunca faltará cerveja.

— Não, sério. O que você vai fazer?

— Biserka acha que está na hora de casarmos.

— E você?

— Eu não preciso me casar.

Vinko inclina a cabeça para trás e observa o céu.

— Não, meu amigo. Por mim, tudo pode ficar do jeito que está.

— Mas assim você não vai adiante, você sabe disso.

— Sim, eu sei. Mas, enquanto puder, eu finjo. Posso, não?

— Sim, meu querido, sonhe enquanto puder. Mas eu ouvi falar que já foram olhar vestidos de noiva...

— Ah, amigo!

Vinko suspira, exagerando sua infelicidade, e Luka sorri.

— Ou então você se alista como voluntário a fim de liberar as ruas dos troncos de árvore em Lika.

— Esses sérvios malucos. O que eles pensam?

— Provocações, meu amigo, nada mais do que provocações! Deveríamos ignorá-los.

— É mais fácil dizer do que fazer. Se de repente há um tronco de árvore fechando a estrada, você não consegue prosseguir. Mato disse que não é piada, ele voltou semana passada de Zagreb. Ali não há muito do que rir...

Eles ficam um momento em silêncio.

— Você acha que pode haver guerra?

Luka olha para o amigo.

— Não sei, com esses loucos tudo é possível. Não sei, mas a coisa não parece boa.

— Ah, cara! Tomara que eles aprendam a conversar antes de essa revolução de troncos explodir.

— Mas então precisam fazer um curso intensivo e rápido. Tenho a sensação de que o tempo está correndo.

— Claro, veja nós dois. Não temos a menor noção, como os peixes aqui no freezer!

Vinko ri, acende mais um cigarro e toma um bom gole de cerveja. É um bom tempo, um tempo de curtir a companhia entre homens. Luka está se sentindo bem. Ele também inclina a cabeça para trás e olha para as nuvens no céu noturno. E fica tonto. Mas não consegue desviar o olhar, precisa ficar olhando para o céu, como se sua vida dependesse daquilo.

— O que foi, Luka?

Vinko conhece o amigo. E conhece a história que não pode ser mencionada, e vê a dor nos olhos do amigo, que às vezes é substituída por um vazio absoluto ou pela raiva, a falta de esperança. Mas sabe também que não pode dizer nada. Que deve fingir que nada aconteceu, como se não visse nada. Mas o que ele pode fazer é estar ali, não deixar Luka sozinho, sempre cuidar dele. Desviar sua atenção.

— Como vai Katja no jardim de infância?

Subitamente Luka volta à realidade. Sai das nuvens que nem formam figuras. Luka encontra o olhar de Vinko. Precisa se esforçar para responder ao amigo.

— Bem — diz lentamente. — Ela gosta de estar com outras crianças. Chora quando vamos buscá-la. Nunca houve nada igual, segundo a professora.

— E Klara?

— Está prestes a abrir uma escola de dança, acho. Dessa vez parece que vai dar certo. Mais alguns documentos, autorizações e assinaturas e pronto.

— Bom.

— Exato.

— E Dora?

— Hoje é o aniversário dela.

Ao acordar, a aniversariante sente uma leve dor de cabeça e um gosto acre na boca. Dora procura a garrafa d'água ao lado da cama, mas não encontra. Abre os olhos e percebe imediatamente que não está no quarto dela, na cama dela. Cuidadosamente, vira a cabeça e vê a outra metade da cama. Caramba! Ela sempre jurou jamais começar a se relacionar com parceiros de palco. Nunca. Pelo menos, esperar até passar tudo — produção, ensaios, apresentações —, e só então passar algumas noites inesquecíveis com um Orestes ou um Antonio. E agora isso! Maldição! O papel é importante demais para ela, não pode arriscá-lo assim. Embora tenha gostado de Philippe. Houve uma atração entre ambos desde o primeiro encontro. E o sexo não foi ruim, é preciso admitir! Ela estava um pouco bêbada, sim. Mas mesmo assim: pelo menos deveríamos obedecer às nossas próprias regras! As leis existem para serem transgredidas, mas não as regras que nós mesmos estabelecemos. Afinal, aonde isso vai levar!?

Dora se esgueira cuidadosamente para fora da cama, esperando que ela não comece a ranger ou qualquer outro tipo de ruído. Tem sorte! Ela junta sua roupa e sai do quarto. Abre mão de ir ao banheiro. Veste-se no corredor. Rápido, rápido. Quando está com a mão na maçaneta, escuta a voz de Philippe:

— Dora, Dora, onde você está? — Uma voz que se aproxima. Ela começa a fugir. Teve sorte!

Mas hoje à noite terá que enfrentá-lo no palco. Não tem problema! Ela se esconderá atrás da máscara de Maggie.

Luka está no seu bar predileto, bebendo vinho. Sua cabeça pende sobre a taça como se estivesse procurando ouro. O bar está cheio. Pessoas, música, risadas, gente chamando, ruído de copos e garrafas.

— Luka, você está aqui!

Vinko grita pelo bar para ser escutado. Luka levanta a cabeça, olha para ele um pouco confuso, e Vinko imediatamente percebe que seu melhor amigo bebeu demais.

— Olhe, esta é Sanja. A amiga de Biserka de Dubrovnik. Dê um oi para Sanja.

— Oi, Sanja! — repete Luka, obediente, observando a jovem que está entre Vinko e Biserka. Sanja é baixinha, mas seus cabelos são maravilhosamente negros e seus olhos escuros, e Luka dá asas à imaginação. A imagem não é muito nítida, o que torna tudo mais fácil. Ele pode ver o que quer. O sorriso de Sanja não é tão comportado, é como se ela tivesse outras intenções. Ela senta ao lado de Luka e toma um gole do seu copo.

Vinko e Biserka se entreolham, hesitantes. Vinko olha para os lados. Klara não está à vista. O que não surpreende. Quando seu olhar volta para Luka e Sanja, a mão esquerda dela já está na perna dele e a direita dele na nuca da mulher. Seus narizes estão a menos de um dedo de distância. Vinko olha para a namorada, que quer casar logo. Ela responde com um dar de ombros. É o tempo de que Luka e Sanja precisam para aproximar seus lábios.

"Tanto faz", pensa Luka com sua cabeça confusa. Posso simplesmente continuar onde parei, antes de a vida me visitar. A quem importa, tanto faz... E já estão do lado de fora, caminhando rumo à praia. Tanto faz.

Menos de um mês depois de seu aniversário de 28 anos, Dora descobre que está grávida.

32

Duas semanas antes do Natal, Dora acorda no meio da noite com fortes dores de barriga. No banheiro, nota que o sangue escorre em filetes finos pelas suas pernas. Acabou. Ela não chora. Foi mesmo uma ideia louca. Ela vai ao hospital sozinha. Acabou. Não existe ninguém a quem ela queira avisar.

Quando, depois de várias horas de anestesia, recobra a consciência, tudo está borrado — pensamentos, sentimentos, nomes e rostos. Seus olhos estão secos, mas seu rosto, molhado. Acabou e tudo pode acontecer. Um mar agitado preenche o vazio de seu corpo e de sua alma, a espuma salgada a envolve como se fosse uma segunda pele.

E agora?

Dora liga para Jeanne. Quer sair do hospital, embora o médico tivesse recomendado ficar pelo menos mais um dia. Mas ela não pode. Hoje à noite tem ensaio e precisa estar presente, pois ela tem um plano.

Antes de lhe dar alta, o médico tenta consolá-la mais uma vez, dizendo que é comum, ainda mais sendo a primeira gravidez. Diz um monte de outras coisas simpáticas, mas Dora não escuta direito. Ela tem um plano. Ela concorda, gentil, sorri como uma profissional, e então Jeanne a busca e a leva para casa.

Ela ajuda Dora a se deitar, senta ao lado dela e acaricia seus cabelos desgrenhados. Os olhos escuros de Dora inspiram preocupação.

— Você deveria ficar em casa hoje — opina Jeanne —, o ensaio pode ser adiado para amanhã. — Dora mexe a cabeça, mas é impossível entender se ela quer dizer sim ou não. Dora está muito calma. Como se não fosse com ela. Como se ela tivesse um plano. Que ela tem mesmo.

Antes de adormecer, ela sussurra, feliz e relaxada:

— Vou visitar Luka.

E já caiu no sono. Visitando seus sonhos.

33

É a primeira vez em quase seis anos. Aquela linda cidade às margens de uma enseada perfeita. Ao pé de uma montanha alta em que se pode passear à vontade. E por toda parte o mar. Ele brilha prateado no sol da manhã como a eternidade. Como a casa de Deus. Dora está no ônibus, cansada e agitada, tomada de emoções. Da vista, das grandes expectativas, daquilo que verá em breve. Seus olhos ficam marejados e ela os esconde atrás de um par de grandes óculos escuros. É um dia frio, porém ensolarado, de fevereiro. O ano é 1991. Tia Marija morreu há três anos, portanto nada mais de bolo de chocolate. Só restou Luka, mas isso será suficiente.

Uma bela jovem na recepção. Calça jeans apertada e um casacão grosso de inverno. Sapatos de inverno elegantes e sem salto. Uma pequena maleta de viagem. Uma bolsa azul-escura. As mãos escondidas em luvas vermelhas. Cabelos cacheados compridos. Um ar brincalhão. Nos olhos. Ela tenta afastá-lo. Rosto alongado e pálido. Lábios cheios. Nariz largo. Olhos grandes e escuros.
Dora.

— Dora.
E Luka já começa a contar: um, dois, três, quatro... e Dora logo acha o caminho para atrás da recepção e encosta seu corpo no dele. Ela não consegue senti-lo muito bem por causa do casacão de inverno, mas coloca sua boca na dele e sussurra mansamente:

— Tu és o meu príncipe, não adormece, tu és o meu príncipe, só meu, fica comigo, olha para mim, olha para os meus olhos, estou aqui, tudo está bem, tudo acabou, tudo está bem, meu príncipe.

Luka despenca sobre a cadeira como se não tivesse músculos. Como se não tivesse vontade própria. Como se fosse um colchão de ar esburacado. Seus olhos estão fechados e sua respiração é ofegante. Há momentos para os quais nunca estamos preparados. Ele sente a cabeça de Dora em sua barriga, seus braços em torno da sua cintura. Mas está sem oxigênio e continua sentado, imóvel. Sente a pressão do corpo dela, o que é ao mesmo tempo estranho e maravilhoso. Ele quer mantê-la junto de si e rechaçá-la ao mesmo tempo. Abre um olho, é a única coisa que consegue fazer, e a vê ajoelhada na sua frente, seus cabelos compridos no seu colo, e a felicidade é acachapante e mortal ao mesmo tempo. Ele a escuta murmurando, sua voz não o alcança, mas a palavra que sai da sua boca poderia ser "príncipe". Ele coloca as mãos nos seus cabelos.

Dora para e ergue a cabeça. Seus olhos estão marejados, seus lábios se mexem e formam a palavra que ele intui e Dora sabe que Luka sabe que perdeu. Que está perdido. Pois ele venceu: ela chegou e não importa o que aconteceu, agora acabou; as cartas estão sendo novamente embaralhadas e ela já sente que tem o coringa em suas mãos — ela só pode vencer, o que significa que Luka também vencerá. Que já venceu. Pois, em um segundo, tudo pode acontecer. É preciso contar com tudo. Com cada respiração, tudo pode mudar.

— Vamos sair daqui.

— Tudo tão vazio.

— O hotel está fechado. Por causa do inverno. Até abril.

— E o que você está fazendo aqui?

— Esperando você.

— Claro. E fora isso?

— Tive que examinar alguns documentos: propostas, perguntas, papelada em geral.

— Então eu tive sorte.

— Não, eu é que tive sorte.

— Espere antes de afirmar isso assim.

— Não há o que esperar. Você está aqui agora.

— É verdade.

— Foi puro egoísmo, nem um pouquinho de altruísmo.

— Não faz mal, não tem importância.

— Luka.

— Dora.

— Eu te amo.

— Obrigado por ter vindo.

— O prazer é meu.

— Quanto tempo você fica dessa vez?

— Quanto tempo você quer?

— Não gostaria de ter que responder.

— Pode ser como você quiser.

— Dora.

Tudo é como sempre foi quando estão juntos. Tudo no lugar. Cada movimento de um complementa o do outro. Tudo se completa. Sem deixar arestas. Corpos, olhares, palavras. A perfeição da vida. Como se não tivesse havido um intervalo de tempo. Como se nunca tivesse existido outro tempo.

Durante uma semana, Dora mora num quartinho do hotel fechado, tendo Luka como único aquecedor. Faz frio. *Buna*, o vento norte gelado, corre pelos cômodos e corredores abandonados. O ar é cristalino e agudo como um caco de vidro. É preciso girar a cabeça na direção do vento a fim de poder respirar. O mar é como um ouriço, pica quando se encosta nele.

Dora e Luka não passam um só minuto separados. Amam-se, fazem suas refeições no restaurante da praia, onde geralmente são os únicos hóspedes, ou fazem piquenique no hotel, no bar, na frente da recepção, no salão de café da manhã onde, infelizmente, não há café da manhã, na enorme cozinha do hotel em que não existe nada para comer; passeiam pela cidade que parece morta, ao longo da praia, até o rochedo. O rochedo é um bom lugar com esse tempo, protege do vento, pois fica do lado sul da península Sv. Petar. Ali Dora e Luka ficam sentados, enrolados em um cobertor do hotel, amando-se e batendo os dentes.

Conversam muito. Dora fala de seus êxitos, fala sobre Helena, que se separou de Marc, e Ivan, que tenta fazer a corte a Helena novamente com grande ênfase e uma energia inimaginável. Ele se torna ridículo, simplesmente ridículo, Helena se irrita, mas, na verdade, ela não tem nada contra. Dora consegue imitar a mãe maravilhosamente, tão bem que faz Luka rir. Dora fala sobre Jeanne, que continua trabalhando com crianças deficientes e está pensando em ir para a África, onde há tanta miséria. Mas não diz nada sobre os homens em sua vida, pois não são importantes. Nem menciona o aborto espontâneo ou o seu plano, que até agora está funcionando maravilhosamente bem.

Luka fala de seus fracassos. Falhou em todos os aspectos. Este ano fará 32 anos, há quase seis não pinta mais nenhum quadro e não o fará mais, é uma decisão. Continua trabalhando na recepção do hotel e jamais sairá de lá, é outra decisão. Ele não consegue esconder o desprezo que sente em relação a si próprio. Dora o abraça. Está abalada, não consegue dizer nada. Uma vida que tenta com todas as suas forças aniquilar-se. Dora tem vontade de gritar. Tanta negação, tanto desperdício e autopunição — e sem razão alguma. Dora está aturdida. Ela abraça Luka e ele não menciona todas as mulheres que têm o nome e o rosto de Dora, o que torna sua desgraça um absurdo total.

*

Estão totalmente envolvidos pela escuridão, pelo frio, pelo vento e pelo medo da partida de Dora. Hoje. É sua última noite.

— *Nenhuma mais, amor, dormirá com os meus sonhos.*

Dora lembra de centenas, milhares de respostas, mas nenhuma delas é digna de Neruda. Nem em Shakespeare ela consegue encontrar alguma coisa. Ela luta contra as lágrimas que a cada instante se tornam mais insistentes. As noites de fevereiro são compridas e escuras, o dia parece inatingível, esse é o único consolo que eles têm. A esperança de que o sol se esquecerá de nascer. Por que não? Tudo é possível.

— Luka — sussurra Dora. — Quero que você seja feliz. Que cuide melhor de si.

— Querida Dora.

— Caso contrário, não teria valido a pena abrir mão.

— Não tenho vontade. Não sei como ser feliz sem você. Sem você... eu não mereço.

A voz de Luka é quase desesperada, é dolorosa.

— Mas alguém há de se beneficiar da nossa infelicidade!

— Katja. Katja se beneficia.

— Talvez.

Dora raciocina.

— Se bem que o benefício seria maior se o pai dela fosse feliz.

Silêncio.

— Eu nunca falo o seu nome. Não posso nem me lembrar dele.

— Eu também!

— Eu morreria.

— O que seria imperdoável, este talento!

— Isso. É por isso também que, você precisa voltar a pintar. O mundo sente a sua falta, Luka.

— Dora.

— Precisamos aproveitar essa oportunidade em que tudo é permitido, mesmo aquilo que nem conseguimos imaginar.

— *Meu amor tem duas vidas para amar-te. Por isso te amo quando não te amo e por isso te amo quando te amo.*

— Você é doido.

Em algum momento, quando o sol começa a jogar timidamente seus raios sobre Makarska e o mar, Dora levanta, veste-se sem fazer barulho, observa Luka, que dorme, não faz nada para acalmar seu coração, desmorona, encosta na parede enquanto o mundo à sua volta anda de carrossel. Ela mal consegue mexer as pernas, seus pés se recusam a sair do cômodo. Pois é ali que está a vida.

Dora encosta seus lábios na testa de Luka.

— Luka — sussurra pela última vez.

E sai do quarto.

E Luka abre os olhos, que já doem por causa dessa brincadeira de faz-de-conta-que-estou-dormindo. Mas ele lhe prometeu que não acordaria, não levantaria com ela, não voltaria a fazer amor, não a abraçaria mais. Eu não sobreviveria, disse Dora com uma voz seca que ameaçava a qualquer momento quebrar. Ele teve que prometer a ela que não a acompanharia, não olharia ou acenaria. Ela não lhe permitiu nada. Apenas deixou que ele se fingisse de morto.

— Dora — sussurra ele pela última vez, antes que as comportas fechem inelutavelmente. — Dor... — E não consegue dizer mais nada

34

Dora está no avião. Abaixo, os Alpes. Ela pousa as mãos na barriga e sorri. É só ter sempre um plano e nada dá errado. Ela calculou tudo direitinho. Só pode dar certo. Foram os melhores dias possíveis. Só pode ter dado certo.

Ela dispensa o vinho. Nunca é cedo demais para se cuidar.

— Saúde — sussurra e toma um suco de laranja. Que também não é ruim. Ela brinda a si, ao homem cujo nome mais uma vez ela não pode proferir, ao amor e seus frutos, proibidos ou não. Ela é a única que pode decidir sobre isso.

Dora fecha os olhos e se reclina no assento incômodo do avião. Está morta e viva ao mesmo tempo, é tudo e nada. A dor não é amenizada pela altitude, a memória não fica borrada e ela também não fica menos...

Ela sorri. Na bolsa, carrega um quadro feito por Luka. É um retrato dela. Ela dorme. Sua cabeça está encostada no braço direito estendido. Sua mão esquerda repousa no lençol diante de seu rosto. Ela parece feliz. Equilibrada. Como se tivesse sonhos lindos. Uma parte da franja pende sobre a sua bochecha esquerda. Dá para ver seus ombros nus. É possível notar a gravidez. Claramente. Luka pintou o quadro sem ver. E capturou a verdade que jamais conhecerá.

Fazia muito tempo que Luka já não ficava tão bêbado. Vinko mal consegue segurá-lo. Tenta carregá-lo e puxá-lo para casa, enquanto Luka grita com a língua enrolada, pedindo que seja levado para o hotel, onde tem um quarto, ou até o barco, que é o seu lar. Depois disso, vomita. Assim acontece durante todo o longo caminho até sua casa. Vinko usa a chave de Luka e eles entram. No apartamento, tudo está quieto, há apenas um leve ronco vindo do quarto. Já são 2 da manhã. Vinko deita Luka no sofá da sala e o cobre com a manta da poltrona antes de ir para casa. Não pode fazer mais nada para o seu melhor amigo. Dora foi embora. Tudo acabou. Essa é a história de Luka. Vinko balança a cabeça, triste. Ainda bem que ele tem Biserka.

Luka acorda com dores de cabeça terríveis. Ele geme. Que noite! Tenta se virar com o mínimo de movimento. Dora. Ele abre os olhos. A luz o ofusca. Volta a fechar os olhos. Não. Dora foi embora. Viajou. Ele voltou a ficar sozinho. Morto. Que cama é essa? Não é o quarto do hotel. Tampouco é a cama estreita da cabine do barco, nem é o sofá da sala. Mas a cama também não lhe é tão estranha. Nem o quarto. Nem a mulher a seu lado. Olhos abertos novamente. Caramba. Alarme máximo. Como devia estar bêbado para fazer uma coisa dessas e não lembrar? Luka sente que seu estômago se revira, corre até o banheiro, segura a privada como se fosse uma boia salvadora. Vomita e chora.

Em algum momento, ele sai do banheiro e arrasta suas pernas de chumbo até a sala. Senta no sofá. Aquela é a sua cama quando ele dorme no apartamento. Por acaso. As mãos seguram sua cabeça dolorida, o enjoo volta. Ele acha que aquilo nunca mais vai passar. O que estaria certo — ele merece, depois de trair Dora dessa maneira. Ele levanta rápido, corre até o banheiro, vomita novamente. Devagar, tenta sair do banheiro.

Na sua frente aparece Klara. Feliz. Radiante. Contente. Ela se encosta nele.

— Obrigada — sussurra —, foi maravilhoso! Estou feliz por estarmos juntos novamente e porque tudo será como antes. Senti tanto a sua falta, você nem pode imaginar. Todos aqueles anos sem você, mas essa noite mostrou que ainda me ama e...

Luka a empurra. Sem suavidade e furioso.

— Você me violentou — grita ele. — Eu te odeio, eu nunca mais vou colocar as mãos em você! Tenho nojo, você me usou, explorou minha condição, viu que eu estava totalmente bêbado e destruído! Como pôde fazer isso? Nem um homem faria isso, você é horrível! Como eu pude, ah meu Deus! Como você pôde fazer isso! Acho que preciso voltar a vomitar...

— *Tata!*

Katja está atrás de Klara, totalmente encoberta por ela.

— *Tata!*

Então, ela chora, batendo com seus minúsculos punhos em sua cara.

— *Tata!*

Luka vai até o banheiro e se tranca.

35

No final da tarde do dia 5 de novembro de 1991, Dora dá à luz em
Paris o filho de Luka. Tudo acontece rápido e sem complicações.
Ambos estão saudáveis e bem. Na sala de espera, Helena, Ivan e
Jeanne brindam com o champanhe que Ivan levou. Ele pensou
até nas taças. Helena olha para ele com gratidão, e ele lhe acena
afetivamente. Desde que Helena deixou Marc, Ivan recuperou um
pouco do seu charme anterior, voltou a se preocupar mais com
aparência, comprou vários ternos novos. E seus olhos voltaram a
brilhar, ele sorri com frequência. Helena diz, rindo, que ele lembra
o jovem com quem ela se casou há um século e pisca os olhos.

— A Dora! — diz Jeanne, que dentro de alguns dias viajará
para o Zimbábue a fim de cuidar de crianças pobres e doentes.
Ela está com os olhos marejados. É simplesmente demais — Dora,
o bebê, sua mudança. Tudo novo e incerto.

— Ao meu neto — diz Helena, chorando, soluçando e rindo.
Não sabe mais o que sente e o que deve achar daquilo tudo, portanto ela chora mais um pouco e assoa o nariz discretamente com
o lenço que Ivan lhe estende.

— Ao amor! — diz Ivan, surpreendendo a si próprio. Mas
naquele momento realmente parece que o amor é a coisa mais
importante do mundo, em torno do que todo o resto deve girar.
Ele olha para Helena, a mulher que ele nunca deixou de amar,
e pensa na filha, que foi suficientemente louca e corajosa para
resolver tudo sozinha e ir buscar o que queria, para ter feito, e
ainda fazer, tudo por amor a um homem e quem, como o pai sabe,

jamais faria nada diferente. E de repente ele soluça, pois seus olhos se enchem de lágrimas de orgulho de poder ser seu pai. Não pode ter errado tanto se tem uma filha assim.

Em seguida, eles têm permissão para visitar Dora e seu filho. Eles se apressam. Como se fosse um prêmio.

Luka está no canto do seu bar preferido, tomando a terceira taça de vinho. Ele não sabe bem por quê, mas esta noite tem desejo de vinho. Vinho tinto. Como se houvesse algo a comemorar. Hoje é um dia muito especial. Sem saber o motivo, Luka sorri e fecha os olhos ocasionalmente, como se estivesse vendo imagens. De fato: durante um átimo, ele deseja ter uma tela e cores, pois a imagem que surge na sua cabeça é fantástica, parece nem ser digna dele, mesmo assim surge logo na sua cabeça. Será que isso significa alguma coisa?

— A próxima rodada é minha — grita para Ante, o garçom.

Não há muita gente no bar, mas todos conhecem Luka e agradecem ruidosamente. E ele volta a se concentrar em seu copo e à imagem na sua cabeça, mas está contente. Se fosse mais corajoso, poderia até estar feliz. Mas não é ruim estar contente. Ele próprio mal consegue entender o que se passa com ele. Simplesmente tem uma sensação sem fundamento de que, naquele momento em que ele passa seu tempo nada precioso de maneira tão sem sentido no bar, algo muito importante acontece, algo decisivo, que ele nem tem coragem de sonhar quando está sozinho no barco no meio do mar ou está bêbado. E esse "algo" desconhecido clareia o seu coração e sua alma e ele tem a sensação de que poderá voltar a pintar. É um milagre e Luka está grato sem saber por quê.

— Por que esse sorriso bobo?

Vinko está ao lado da mesa de Luka e olha para ele, desconfiado.

— Nada. Eu não sei.

— Pagar uma rodada é algo que se pode fazer até sem motivo, não?

Luka tem a impressão de que seu amigo está chateado, irritado.

— Sim, por que não? Estou me sentindo bem.

— Mas você sabe que a sua mulher está tendo contrações há um dia e que está ficando perigoso, não?

— Pode ser. Mas isso não me importa.

Luka logo se arrepende de ter dito aquilo, embora sinta aquilo e acredite ser seu direito.

— E o fato desses malditos sérvios estarem perto de Dubrovnik, abrindo fogo sobre Šibenik, também não te importa, é isso? Luka, o que está acontecendo com você?

— Nada.

Luka afunda o nariz na taça.

— Não estou te reconhecendo.

— Então, empatamos.

— Luka, por que você nunca se torna um adulto?

— Vamos beber e ficar quietos.

— Trata-se da sua mulher e do seu filho!

— Sim, é verdade. Como se eu pudesse esquecer isso. Como se me permitissem esquecer.

Vinko observa Luka com desprezo visível e balança a cabeça.

— Biserka me mandou te achar e dizer que a situação não é boa. Que você deve ir ao hospital.

E ele sai da mesa de Luka.

— Vinko!

— O quê?

Indecisão.

— Nada.

Pois subitamente ele imagina que Klara possa morrer e libertá-lo da miséria que ele escolheu. E subitamente, a primeira vez em muitos anos, tem uma espécie de esperança e não se envergonha de seus pensamentos. Não. De tão eufórico, ele até ousa sussurrar o nome de Dora na taça de vinho quase vazia.

— Ele se chama Nikola.

Dora está radiante como uma árvore de Natal. Está um pouco pálida, mas só isso. Seus olhos brilham e ela sorri sem parar. Missão cumprida.

— Que nome lindo, *Dorice*! Simplesmente lindo!

Agora é verdade: para sempre. Conforme prometido. Ainda que a promessa tenha sido rompida. Isso agora não importa mais, pois ela foi sua primeira mulher. E agora tem seu primeiro filho e seus primeiros quadros. Agora, tem tudo.

Menos ele mesmo.

— Luka! Luka!

Alguém o chama e bate à porta da cabine. Mas Luka não desperta totalmente, foi muito vinho e muita esperança, uma combinação incomum para ele.

— Luka! Abra, meu filho!

Só pode ser Zoran, mas Luka mal consegue abrir os olhos, muito menos a porta.

— Luka! Você está aí? Luka! Abra, é importante!

O ruído e os gritos não param, por isso Luka escorrega do colchão e engatinha até a porta.

— Olá, o que houve?

Luka tenta sorrir e parecer hospitaleiro.

— O que você está fazendo aqui? A sua mulher está no hospital e você deveria estar lá também.

Zoran fica parado na porta. Luka se joga novamente no colchão e cerra os olhos.

— Luka, *sine*, o que foi?

— Não sei, mas foi bom para variar.

— Isso, você ganhou mais uma filha, *sine*! Você devia estar lá...

— Não, não é isso que eu queria dizer...

— Mas eu sim! Luka, elas não estão bem... — A voz de Zoran se rompe. Luka abre os olhos.

— O que aconteceu?

Mesmo que ninguém perceba, Luka sabe que um desejo terrível o enche de esperança.

— Klara está mais ou menos, mas a pequena logo teve grandes dificuldades, não conseguia respirar, e em seguida teve uma parada cardíaca...

Zoran chora.

— Os médicos não sabem se ela vai conseguir...

— Ela roubou o bebê. Não me admira. Coisa roubada nunca dá sorte.

Mesmo assim, ele sente uma dor na barriga tão violenta que o surpreende. Será a esperança que está morrendo?

— O que você está querendo dizer? Quem roubou o quê? Luka!

— Klara roubou essa gravidez como um ladrão, ela é o maior vilão. Nada de bom poderia acontecer.

Luka está furioso. A dor viaja lenta e profundamente pelo seu corpo. De um só golpe, ele fica sóbrio.

— Não entendo nada...

— Não faz mal, *tata*, vamos ao hospital. — "Ver o ladrão e o seu butim", pensa ele.

No dia seguinte, Luka se alista como voluntário no exército. Duas semanas depois, ele é mandado para o front em Dubrovnik. Dentro e ao redor da cidade sitiada, lutam setecentos soldados e policiais croatas contra 30 mil soldados sérvios e montenegrinos.

36

Na manhã do dia 3 de julho de 1992, véspera do início da operação militar "Tigre", em que o exército croata tenta reconquistar os territórios a oeste e norte de Dubrovnik e garantir a normalização do trânsito na estrada adriática, Luka acaba sendo ferido.

Ele está deitado atrás de um rochedo, observando as linhas inimigas através do binóculo. Tudo está calmo. De repente, um grande ruído e ele grita, sua perna sangra, ele consegue ver seus ossos e desmaia. Nem dá tempo de contar.

Na manhã do dia 3 de julho de 1992, Dora acorda com um leve grito. São 5h20. Nikola dorme a seu lado, calmo e saciado. Sua camisola está molhada e seu cabelo grudado no couro cabeludo. Ela mal consegue respirar e começa a soluçar. Quer levantar, mas as pernas não obedecem e ela precisa voltar a se sentar. Ela põe a mão no peito e começa a massageá-lo com movimentos circulares lentos. Tenta fazer exercícios respiratórios, mas não consegue, não está concentrada. Pois acaba de se lembrar por que acordou. Sonhou que Luka estava na sua frente sorrindo. Mas estava coberto de sangue, muito sangue. Não dava para ver mais nada além de sangue. E seu rosto sorridente. Depois, ele caiu no chão e ficou. Não conseguia se mexer, apenas sorrir.

Dora chora. Baixinho, porém intensamente. Volta a se deitar e coloca Nikola nos seus braços. Ele chupa a própria língua e continua dormindo. No mundo inteiro, não existe lugar melhor do que o colo da mãe.

— Luka, meu príncipe, meu Luka, só meu, para sempre — sussurra Dora e chora e segura o filho de Luka firme em seus braços.

Luka escuta uma voz que fala baixinho junto ao seu rosto: "Tu és minha bela adormecida, só minha, acorda, meu príncipe, tu és meu príncipe, só meu, estou aqui, tudo está bem, acorda e olha para mim." Em seguida, escuta outras vozes e palavras e, confuso e fraco, ele abre os olhos e vê o rosto de Dora. Seus lábios se mexem sem emitir som, mas ele não consegue dizer nada, por isso, dá um sorriso fraco e ela também sorri. Tímido, ele ergue seu braço e sua mão alcança seu rosto; ele toca seus cabelos negros e longos e ela volta a sussurrar mais uma vez bem baixinho, tão baixinho que só a sua boca se mexe e só ele consegue escutar: "Tu és o meu príncipe..."

Dora finalmente adormece. Ela não sonha. Seu sono é um vazio infinito sem luz, sem água e sem oxigênio. Impossível sobreviver nesse vazio. Mas Dora quer ficar lá, por medo de uma vida "para sempre". Continua dormindo no sono. Mas é acordada por Nikola, que fala animadamente e, neste momento, ela sabe que vai continuar viva até o final.

Luka passa duas semanas no hospital superlotado em Split. Tudo corre bem. Foi possível salvar a perna. Pode ser que ele manque um pouco. Mas isso não é nada, diz Zoran, apertando a mão de Luka. Ele olha para o filho o tempo todo, sem parar. Precisa tocá-lo, certificar-se de que ele está bem, de que a perna vai ficar boa; o importante é que ele esteja vivo e que tudo tenha passado. Seu filho voltou a ser dele, tudo está bem, ele pode respirar aliviado e relaxar, e agora, com certeza, conseguirá dormir. Vai dormir uma semana inteira. O mais importante é Luka ter voltado. Com saúde e com todos os seus membros. Uma perna mais curta ou torta, o que importa?

No final de julho, Luka volta para casa.

Klara está na porta com o bebê no braço. Katja, a seu lado, saltita e grita, dando voltas:

— *Tata, tata!*

Luka sai do carro, não quer que Zoran ajude. Ele se apoia na bengala que jamais largará. Katja ainda o chama e puxa sua mão. Ele ri:

— Calma, Katja, *tata* não consegue andar tão rápido, a perna dele está dodói.

Puxado pela filha mais velha, ele entra em casa passando por Klara, sem uma palavra. Passando pelo bebê nos braços de Klara sem um olhar. Zoran não consegue ver aquilo, rapidamente seca uma lágrima.

Para Luka, a guerra terminou, mas o pesadelo continua. Em todos os aspectos.

Dora tem pesadelos durante semanas a fio, não consegue dormir, achando que a morte está na sua cama, ao seu lado. Quase não come, sente falta de ar. Helena a manda para o médico, mas Dora se recusa a ir. Tem medo. Tem medo de que o médico não encontre nada, e então ela saberá com certeza absoluta que alguma coisa aconteceu com Luka, e isso não é possível, ela não suportará. Ela se agarra a Nikola. Ele é sua âncora e sua boia. Dora espera. Não consegue fazer nada mais do que isso

E um belo dia, de fato, tudo passou. Os pesadelos, a insônia, a falta de ar, tão inesperada e subitamente como veio. E ela vai com Helena e Nikola até sua confeitaria predileta na rue Sainte Anne e pede três pedaços de torta de chocolate com creme e come tudo sem parar. Helena ri até as lágrimas. Nikola bate com o seu copinho plástico na mesa e grita animadamente.

À noite ela volta ao teatro e faz o seu trabalho com entusiasmo e euforia, quase à beira da histeria. Mas ninguém se queixa, todos estão felizes com a sua volta. Principalmente Roger, o diretor, que gostaria de ser mais do que isso. Tchekhov também está feliz com a volta da Irina para as duas outras irmãs.

Quando, neste dia, Dora chega em casa à noite e recebe Nikola dos braços de Helena, ela beija o menino que dorme e sussurra:

— Está tudo bem, *moje zlato*. Tudo ótimo, papai está bem.

37

— Olha um urso dançarino com um chapéu grande! Você está vendo, mamãe?

Nikola está empolgado. Seu braço estendido não se mexe, embora o vento deixe passar as nuvens rapidamente e elas não mantenham sua forma durante muito tempo.

— Claro! Você também viu a bolinha na mão dele?

Dora pega a mãozinha de Nikola e a beija longamente.

— Ursos não têm mão, mãe; têm patas!

Nikola ri da falta de conhecimento da mãe.

— Não diga, *zlato moje*! Ainda bem que você existe para me ensinar. — Dora afaga seus cachos negros.

— Mas eu também consigo ver um tubarão dançarino com uma rosa na boca. Acho que ele vai convidar o urso para dançar um tango, o que você acha?

Nikola ri, se divertindo.

— Mamãe, mas isso é impossível! Onde eles iriam se encontrar?

— Mas você sabe que ursos gostam de água, acho que isso não vai ser problema, acredite.

E Nikola já ri alto novamente e as pessoas olham para eles e sorriem. Ele e Dora estão deitados na relva do jardim de rosas do Parc Monceau. É o lugar predileto de Nikola. Ele adora o aroma das rosas e adora escutar histórias da infância de sua mãe que se passam aqui ou em uma pequena cidade portuária no mar que ele ainda não conhece, mas ela lhe prometeu que um dia o levará lá. Ele não quer parar de ouvir as histórias de Papou — ah!, como ele adoraria ter um cachorro, mas mamãe diz que o apartamento é muito pequeno, que um cachorro precisa de um jardim grande, de aventuras em barcos, de rochedos secretos e um maravilhoso sorvete de chocolate. Nikola adora sorvete. Principalmente quando faz calor como hoje e ele está em férias de verão, como hoje. Nikola não gosta de ir à escola. Gosta de encontrar os amigos, mas não gosta da professora. Muitas vezes, ela é má com ele, só porque sua mãe é uma atriz famosa! Nikola acha isso injusto! Além disso, não se interessa muito pelo que aprendem na escola. Um dia será capitão. De um navio enorme. Explorará mares e peixes e baleias, principalmente tubarões. São seus animais preferidos. Não apenas os grandes, conhecidos, ele gosta principalmente do tubarão-charuto, que só pode ser encontrado em águas profundas, ou então do tubarão-martelo, que é tão feio que Nikola tem pena dele. Ele consegue imaginar muito bem os outros rindo e zombando do tubarão-martelo. Não faz diferença que seus sentidos sejam mais agudos e que ele consiga manobrar melhor. Assim são os tubarões, eles ironizam tudo o que é diferente. Mas a principal tarefa de Nikola como pesquisador de tubarões será encontrar o megalodonte, o maior tubarão da história dos tubarões (que tinha entre 12 e 15 metros!), e provar que ele não está extinto.

Dora observa o seu filho de lado e se admira. Como pôde crescer tão rápido? Ontem ainda ele era o seu bebê, agora já está com quase 10 anos, vai deixá-la, estudar, casar. Ou então mergulhar numa gaiola em busca dos tubarões assassinos. Dora tenta não chorar, mas é difícil quando pensa no seu filhinho frente a frente com um tubarão-branco.

— Mãe, o que foi?

A mãozinha de Nikola acaricia o rosto de Dora.

— Nada, coração, apenas fiquei muito tempo olhando para as nuvens.

— Vamos para casa? — pergunta Nikola, um pouco desapontado.

— Também poderíamos comer um sorvete — retruca Dora lentamente, como se tivesse que raciocinar.

— Ou dois!

E Nikola já voltou a sorrir.

— E como hoje eu não preciso ir ao teatro, poderíamos visitar vovô e vovó no sítio e jantar com eles no jardim. O que você acha?

— Obrigada, mamãe, obrigada! Você é a melhor mãe do mundo!

Nikola a enche de beijos, e, no final, eles estão novamente na grama, rindo como duas crianças de 5 anos.

— Na verdade, deveríamos agradecer a Roger, porque ele foi gentil e deu uma folga para a mamãe.

— Roger também é o melhor! Eu gosto de Roger — cochicha Nikola no ouvido de Dora.

— Eu também — ela cochicha de volta.

Luka está sentado na praia e observa sua filha de quase 10 anos que está sentada no mar brincando com as pedras. Volta e meia ela se vira e olha para ele. Não sorri. Ela sorri raramente. Apenas olha para ele como se quisesse perguntar: por que você ainda está aqui?

Luka está na sombra, pois, embora já sejam 18 horas, o sol ainda está quente demais. Não para Maja. Sua filha mais nova adora o sol. Por isso, Luka costuma ir à praia com ela quando a maioria dos turistas já está jantando e ele não tem plantão. Ele simplesmente fica sentado, observando-a. Isso o acalma. Como uma meditação. Ele observa o sol, o mar, a praia cada vez mais vazia, os pinheiros. Sua filha. Ela vai bem. Conseguiu. Nem sempre esteve bem, mas o pior já passou. É preciso tomar conta dela, ela não pode se esforçar demais e ainda precisa tomar alguns remédios, mas isso não é nada comparado com a crise inicial, quando esteve praticamente morta.

E agora ela brinca na água e olha para ele, severa. Nunca aprendeu a nadar. Nunca quis nadar. Nunca quis. No início, Luka a pressionou, depois a deixou em paz. Não é necessário que todos saibam nadar. Luka se lembra de sua mãe.

— *Tata*, por que os animais não riem?

Sua filha Maja.

É uma maravilhosa e quente noite de verão. Ainda está claro. É 2001. Dora e Nikola estão na estrada rumo a Versalhes, onde Ivan construiu uma casa para Helena e ele há cinco anos. Depois que Helena voltou a se casar com ele e Nikola levou os anéis como um anjo de cabelos pretos. O círculo se completou, simplesmente, disse Helena. E naquele momento de felicidade familiar, Dora pensou em sua própria vida. Será um círculo ou uma linha? Em seguida, olhou para o seu filho e desejou que tudo evoluísse da melhor maneira possível, o que quer que isso signifique.

— Mamãe, estamos chegando?

Nikola está atrás na sua cadeirinha e lê um livro. *Tubarões assassinos*. Claro — não podia ser diferente.

— Sim, meu amor.

— Mãe, você sabia que tubarões também têm um orifício para expelir a água, como as baleias?

— Não me diga.

— Mas não fica na parte de cima, na cabeça, e sim do lado, ao lado do olho.

Nikola não desprega o olho nem um minuto do livro, maior do que sua coxa.

— Imagina! Isso é fascinante.

Dora observa seu filho pelo retrovisor.

— Mamãe, existem peças de teatro sobre tubarões?

— Não que eu saiba. Mas eu posso descobrir, se isso for importante. Roger com certeza sabe.

Ela não ri. Está impressionada.

— Não sei. Você gostaria de representar um tubarão?

Ele não tira o olhar do dela.

— Não sei. Que tubarão seria? Você sabe que sua mamãe gosta de escolher seus papéis.

Ela pisca para ele.

— Claro que seria um tubarão muito especial, o mais lindo, esperto e feliz de todos os tempos. E claro que seria o papel principal.

Nikola está muito satisfeito com o novo papel para a mãe. Ele sabe do que ela gosta. Há anos assiste a todas as suas estreias e nunca se entedia, ainda que geralmente nem entenda do que se trata, pois ama ver a mãe no palco, ver como ela se transforma. Como ela se torna outra pessoa, mas continua sendo sua mãe.

— Chegamos. Olha, o vovô já está esperando.

Dora para o carro e Nikola salta para fora, correndo para abraçar o avô. Ivan se agacha e, quando Nikola se lança sobre ele, ambos caem no chão e riem. Nikola fecha os olhos. Helena aparece na porta, bate palmas e chama o neto. Ele deixa o avô e corre até a avó. Abraços e beijos sem fim. Como se fossem uma verdadeira família francesa.

— Parece até que vocês não se veem há uma eternidade!

Dora ri e ajuda o pai a se levantar. Ele já não é mais tão jovem. Mas Dora não quer pensar nisso, ela tenta não reparar nos sinais menores ou maiores de envelhecimento de seus pais. Pois isso a deixaria muito triste. E Dora é ótima quando se trata de reprimir sentimentos.

— Oi, — Dora. — Ivan a abraça.

— Oi, *tata*. — Dora aproveita o abraço. O acolhimento.

— Mãe, onde está o meu *tata*?

Nikola está ao lado deles, atrás de Helena. Seus olhos grandes estão cheios de admiração. Todos olham para Dora. E Dora vê o pai de Nikola diante de si e sorri. Mas o olhar de Nikola ganha um tom desconfiado e escuro, que aparece de vez em quando nele e que se espalha também pelos seus pensamentos, pelos seus sentimentos. Até pelos seus atos. Mesmo assim, nada muda.

Luka levou Maja para casa, pois ela estava cansada. Agora ele inicia o passeio diário e espera não se encontrar com Katja e o namorado. Ele sorri. Katja estava furiosa com ele. Ainda quer manter seu grande amor em segredo, embora a cidade inteira saiba, pois Andrija é seu colega desde o jardim de infância e era o seu melhor amigo até eles crescerem e descobrirem a paixão mútua. Quando Katja tinha 6 anos e lhe perguntavam o que queria ser, ela respondia sem hesitar: esposa e mãe. Agora, aos 16, tornar-se esposa e mãe continua no topo de suas ambições. Luka não se incomoda. Se ela for feliz... Mas entre mãe e filha sempre foi um ponto de discórdia. Porém, agora que está claro que Andrija chegou para ficar, Klara emudeceu. Como se tivesse desistido. Talvez isso a lembre de outra história. Pois há muita gente que pensa assim, ainda que só fale disso às escondidas.

Ana, que abriu uma clínica ginecológica em Makarska, adora essa jovem paixão e pensa com nostalgia dolorosa em Toni, que não teve tanta sorte quanto Luka e morreu em Dubrovnik. Ana também pensa em Dora quando vê sua sobrinha e o namorado. E se questiona se todos não estavam equivocados na época em que forçaram Dora a ir embora. Ana não sabe. A única coisa que sabe é que o amor é sagrado. Principalmente quando é preciso abrir mão dele. Ela vê também que o irmão não é uma pessoa feliz. Tantas vidas jogadas fora. Por isso, ela adora ver Katja tão radiante.

Luka não pensa em nada que tenha a ver com o passado. Aprendeu a sobreviver, isso deve bastar. Tem as filhas, tem o barco, seu pai ainda está com saúde, sua irmã voltou. Ele nem pensa naquilo que não tem. Simplesmente sai para passear com sua bengala. Isso deve ser suficiente.

No farol, ele encontra Vinko e Lovre, o filho de Vinko. Estão concentrados numa conversa. Mesmo que Lovre tenha apenas 5 anos. Eles não notam Luka imediatamente, e Luka se delicia com a cena. Pai e filho. Ele adoraria ter tido um filho. Quem sabe, terá um neto. Parece que Katja está com pressa.

— Luka, você está sonâmbulo? — Vinko acena para ele. — Olha o que achamos.

— Eu achei, é meu dinheiro! — grita Lovre, pois, de repente, há muitos adultos. E esses, como se sabe, têm ideias bobas. Como por exemplo devolver ou entregar à polícia coisas bacanas que a gente acabou de achar. Lovre é contra isso. Não demorará e ele vai chorar, ele já sabe disso. Por isso, enfatiza mais uma vez:

— É meu, eu achei, é meu!

Luka se aproxima, sorri para Lovre, que o encara desconfiado, vê uma camisa numa pedra e uma carteira de dinheiro na mão de Vinko. Lembra-se da mulher assassinada e se pergunta por que ele não fez o mesmo naquela época. Assim, tão inesperadamente, chegam pensamentos, lembranças e emoções! Como se defender deles?

— Você acha que aconteceu alguma coisa? Quem deixaria a camisa e a carteira assim por aqui?

Vinko olha preocupado para Luka. E ele pensa que é um hipócrita. Não teve sequer a coragem de deixar Klara, como matá-la? Respire e sofra, nada mais te resta.

— Lembra-se da mulher assassinada?

38

— Ela precisa de um rim novo o mais rápido possível. A segunda gravidez não deveria ter acontecido.

O médico fala de maneira distanciada e alheia com a família reunida. Todos estão lá, até Luka, que normalmente prefere perder as reuniões no hospital.

Ana está lá e fala com o médico naquela linguagem incompreensível que só é inteligível para os iniciados. Zoran e Maja jogam xadrez. Maja está ganhando. Ela é a mais inteligente da família, como se já tivesse chegado ao mundo velha. O marido de Katja, Andrija, está do lado do médico e de Ana e os segue a cada passo sem entender nada — mas ele está junto, tem tudo sob controle, nada de mau pode acontecer. Klara está sentada numa cadeira dura de hospital, olhando para o vazio. Luka está na janela e pensa na noite em que Katja nasceu. E já sabe o que precisa ser feito. Devagar, puxando a perna, vai até os médicos e faz a sua proposta.

— Sim, essa naturalmente é a melhor solução. Precisamos apenas ter certeza de que seu rim não seja rejeitado pela paciente.

— Por que deveria ser rejeitado? Afinal, eu sou o pai dela!

Luka acha aquilo ridículo e está escandalizado.

— Naturalmente. Mesmo assim, precisamos fazer alguns testes primeiro.

Luka já está prestes a protestar novamente quando Ana o pega pela mão e o puxa para fora.

— Tudo está bem, Luka, tudo está bem — sussurra ela.

Ela o leva até Zoran e Maja. Luka senta ao lado deles, sem falar nada. Zoran torce a boca como sinal de compaixão. Luka põe a mão na cabeça de Maja. Ela olha para ele, admirada e um pouco desconfiada, como sempre.

— Tudo ficará bem, *tata* — diz ela, pensando na próxima jogada. Andrija se senta ao lado de Luka. Luka sorri para ele e acena com a cabeça, como se quisesse dizer "sim, sei, é difícil, mas tudo vai ficar bem". Andrija olha para ele e Luka reconhece medo, raiva e desamparo em seus olhos jovens que ainda não conhecem infelicidade, nem tristeza, nem fracassos.

— Onde estão as crianças?

— Com minha mãe.

— Bom.

Um longo silêncio cheio de insegurança. Só se ouve o barulho das figuras sendo puxadas no tabuleiro de madeira. O ano é 2008.

— Mamãe, o que você acha?

— Maravilhoso. Talvez um pouco escuro e ameaçador. Você mesmo o desenhou ou copiou de um livro?

— Eu que fiz, claro!

— Ele parece tão autêntico, tão vivo, como se fosse atacar imediatamente e morder. Fascinante.

— É mesmo, não é? É um tubarão-doninha, *Hemipristis elongatus*. Vive no Pacífico e no oceano Índico, até o mar Vermelho. Não é muito grande, no máximo 1,40 m. Monsieur Demy vai gostar do meu trabalho, o que você acha?

— Você é talentoso, meu filho. Talvez devesse tentar a pintura.

— Talvez.

— Por que você veio a pé nesse tempo, *tata*? Andrija poderia ter te buscado.

Katja seca os pingos de chuva do rosto de Luka.

Luka gosta do toque na sua pele. Faz bem. Faz muitos anos que ninguém mais o toca. Depois que ele parou de desaparecer dos botequins por algumas horas com mulheres mais ou menos desconhecidas. Dá para sobreviver sem sexo. Mas ele se sente velho e usado, embora tenha só 49 anos.

— Ah, isso não tem problema. Você sabe, eu preciso me mexer, são só alguns poucos pingos!

Katja balança a cabeça, irritada, como se ele fosse uma criança desobediente e ela, uma mãe preocupada.

— Como vai você, meu amor?

Luka segura sua mão.

— Vou indo.

Mas é óbvio que ela não vai indo. Katja está pálida, com olheiras azuladas, e sua pele está úmida, embora não tenha passeado na chuva. E ela ainda tem febre. Luka se pergunta por que os exames demoram tanto.

Nesse momento, como se tivesse sido combinado, Ana aparece na porta. Ela sorri para a sobrinha e acena para Luka, pedindo que ele vá conversar com ela.

— O que há?

Eles estão na frente do quarto de Katja. Ana fechou a porta. Luka pressente algo ruim, mas não consegue imaginar o que possa ser.

— Luka, sinto muito.

Pelo jeito, Ana não sabe como começar.

— É Katja? Não temos mais tempo? Ela precisa ser operada logo?

Luka oscila entre o medo, a raiva e o desejo de agir.

— Não, não se trata disso. Não se trata de Katja.

Ana faz uma careta, constrangida. Para ela é doloroso, ela está conduzindo essa conversa visivelmente contra a vontade.

— Ana, o que é? Diga logo!

Ana seca as lágrimas dos olhos. Abraça-o e o segura firme.

— Você não é o pai de Katja — sussurra ela suavemente no seu ouvido, e quando Luka desmaia e cai no chão, ela não consegue segurá-lo, cai junto e fica deitada. No piso frio do hospital.

Nos dias seguintes, Nikola se empenha em desenhar. São apenas tubarões e outros habitantes dos mares, mas o resultado é uma pasta grossa cheia de desenhos maravilhosos, tão realistas que dá para ter medo dos animais, ao mesmo tempo que se quer pular na água azul-esverdeada.

Dora pega a pasta e vai visitar seu velho amigo Christian, que agora já é dono de duas galerias em Paris e uma em Berlim. Durante todos aqueles anos, eles não se viram muito, e quando se viram, sempre foi com um profundo sentimento de simpatia e afeto mútuos. Agora, Dora quer escutar a opinião profissional de Christian sobre os desenhos de seu filho. Ela está curiosa por saber se ele reconhece o pai do menino.

— Olá! Faz uma eternidade, não?

Christian a abraça afetuosamente e a beija três vezes. Ele parece um recém-apaixonado, o que provavelmente é verdade, pois Christian costuma se apaixonar várias vezes por ano, muitas vezes por jovens artistas cujos quadros ele expõe. Raramente com sucesso. Nesses casos, costuma dizer que é preciso separar totalmente arte e negócios das questões do coração. Até a próxima vez, naturalmente.

— Sim, *mon ami*, é o que nós dizemos sempre e nunca mudamos nada.

Dora sorri e coloca a mão na sua bochecha, como se quisesse acariciá-lo.

— Pelo menos eu te vejo regularmente no palco, vou a cada uma das suas estreias e preciso dizer que você está divina no papel de Blanche, melhor do que Vivian Leigh.

— Obrigada, este é um grande elogio.

— Bem, não seja modesta, afinal, você recebeu um monte de prêmios pelo papel!

— Então você também sabe que eu sou tudo menos modesta, meu querido!

Eles riem prazerosamente. E nenhum deles menciona Luka, como em todos os anos pregressos.

— Então, me mostre o que você trouxe. Você está tão misteriosa!

Dora abre a pasta na mesa grande do escritório de Christian, tira os desenhos e os coloca um ao lado do outro. Em seguida, dá um passo para trás e deixa Christian ter seu tempo. É o que ele faz, contemplando os desenhos demoradamente. Alguns deles ele contempla mais tempo, depois volta para estudar outros. Enquanto isso, mexe os lábios, como se estivesse falando consigo mesmo. Seu rosto inteiro se movimenta, pensa, tenta encontrar traços, tateia. Num determinado momento, ele fecha os olhos, deixa a cabeça cair para trás e passa os dedos pelo cabelo ralo. Depois, geme como um maratonista depois de chegar ao objetivo, abre os olhos e olha para Dora. Pensativo, muito pensativo. E um pouco desconfiado.

— O que é isso? — pergunta, ameaçando com o dedo.

Mas antes de Dora conseguir dizer alguma coisa, ele desaparece em um cômodo atrás do seu escritório e fica muito tempo ausente. Dora senta no banquinho e começa a girar. "Será que nunca vamos crescer?", pensa, se divertindo. Em seguida, ouve uns gritos no cômodo em que Christian acabou de desaparecer.

— O que aconteceu?

Ela quer se levantar e ir em sua direção quando ele aparece à porta segurando uma pequena tela.

— Aqui, veja, eu sabia logo!

Dora olha para ele, desconfiada.

— Bem, não soube logo, mas agora tenho certeza. Veja!

E Christian mostra para Dora uma tela em óleo, um pequeno estudo do mar e de seus habitantes. Coloca-a ao lado dos desenhos que Dora lhe trouxe.

— Você entende, não?

— Sim, entendo. Ele é filho de seu pai.

Pausa.

— Mas ele tem medo. Toma conta dele. Talvez eles devessem...

— Não diga nada.

Não foi fácil, mas Luka conseguiu. Está sentado no rochedo que não mudou muito ao longo dos últimos 17 anos. Tudo continua no mesmo lugar. O pequeno pinheiro, que parece não ter crescido. Os numerosos caranguejos, que não são os mesmos daquela época, mas têm a mesma aparência. A lisura da pedra, que refresca e aquece ao mesmo tempo. O mar. Eterno. Azul, verde, cinza, turquesa.

Luka respira fundo. Não, não vai desmaiar, não vai começar a contar. Há coisas mais importantes. Das quais ele tem mais medo ainda. Mesmo assim, ele está certo de que conseguirá fazer. Tomar uma decisão. Não, não tomar — isso já aconteceu. Mas realizá-la, isso ele haverá de conseguir.

Luka se deita na pedra fria. Contempla o céu. Está sem nuvens. O céu inteiro é uma tela cinza. A seu lado, sua bengala e uma mochila. Na mochila, o livro de poesias de Neruda. Em espanhol, naturalmente. Além disso, um bloco de desenho e utensílios de pintura. Pincéis, tinta, vidros, panos, esponjas. O jogo completo. A mera ideia daquilo que ele planeja deixa o seu coração apertado, como um espasmo, e ele tem vontade de chorar. Um choro longo e amargo, cheio de decepção e ressentimento. E abaixo de tudo aquilo se esconde a esperança de algo, provavelmente uma vida com o qual não ousou mais sonhar. Há anos. Décadas. E ainda há o medo dessa esperança...

Há alguns dias, o mundo parece diferente. Pois ele não é mais o pai da filha que o fez abandonar a sua vida. Traído, enganado, roubado.

Alguns dias atrás, ele fugiu do hospital, correu para casa — se é que se pode chamar de "correr" com aquela perna manca — e se trancou no porão. Ficou horas sentado numa cadeira velha. Respirou. Durante horas. E ficou muito satisfeito com seus exercícios respiratórios. Inspirar, expirar. Com os olhos fechados. Em algum momento, quando já estava escuro, ele se levantou e foi diretamente até a parte de trás do porão, à qual não ia há décadas, mas sabia muito bem onde estava aquilo que procurava. Duas caixas grandes. Carregou-as até a cadeira, onde havia luz, sentou-se e voltou a fazer exercícios respiratórios para reunir coragem.

Em seguida, Luka abriu a primeira caixa. Tintas, blocos, rascunhos, lápis, panos, pequenas telas, quadros incompletos. O cheiro da felicidade. Da autorrealização. As lágrimas escorriam pelo seu rosto, incessantemente. Seus dedos tremeram, impacientes e medrosos. É possível perder o próprio talento? Esquecer? E se ele não conseguisse mais pintar? E se aquela sua habilidade tivesse sumido? Desprezada? Ofendida? Luka esfregou as mãos na sua calça jeans velha e desbotada. Olhou longamente para a caixa aberta. Sabia o que ela guardava, e mesmo assim não conseguiu deixá-la de lado. Quis tê-la na sua frente. Uma lembrança. Um estímulo. A fonte de vigor para as próximas horas e dias. Para o momento que se aproxima rapidamente. Para a segunda caixa.

A segunda caixa. Cheia de fotografias. Conchas. Algumas pedras. Papel que embrulhava bolinhas de Mozart. Coisas de criança. Desenhos. Três livros de poemas em espanhol. Desenhos. Contas. A segunda caixa cheia de recordações, que há 16 anos há 23 anos, esperam serem tocadas. Vivenciadas. Amadas. No momento em que Luka viu a foto de Dora, precisou levantar-se e abrir a janela. A voz dela na sua cabeça. Ele riu e chorou e começou a contar: um, dois, três, quatro, cinco... escuta uma vozinha junto do seu rosto. "Tu és minha bela adormecida, só minha, acorda, vamos nos casar agora, tu és meu príncipe, só meu..."

Sim, assim será, pensou ele, fechando a janela do porão.

Luka senta. Está escurecendo no rochedo. Ele pega o bloco e os lápis. Olha à sua volta. O pinheiro. Por que não? Os dedos brincam com o lápis, como se quisessem fazer um truque. O lápis está confortável na sua mão, como se estivesse se sentindo bem. O primeiro traço, o segundo, mais um. Rápido e decidido. Como se os lápis nunca tivessem ficado no porão. Luka cresce a cada rabisco. E a determinação dentro dele. E a confiança de que tudo ainda pode acontecer, que tudo ainda é possível.

Que outra pessoa terá que salvar Katja. Poderá salvá-la.

Que ele poderá voltar a pintar sem freios.

Que encontrará Dora.

Que não é tarde demais para nada.

E ele não gastará nenhum pensamento, nenhuma emoção com Klara. Nunca mais. Não tem mais tempo para perguntas e explicações. Acabou de ser alforriado. Isso deveria lhe bastar.

Daqui a pouco o desenho estará pronto.

Depois, será a vez de Dora. E da sua vida.

Dora não consegue adormecer. Pensamentos que ela não entende conquistam a sua cabeça e se espalham pelo corpo inteiro, disfarçados como sentimentos. Ela está deitada na cama, quieta, sem dormir. Seus olhos estão abertos. Ela não compreende muito bem o que está vendo. Seus pensamentos falam com ela, mas ela não apreende o sentido do que foi dito. Tudo lhe parece muito confuso. Mas os pensamentos a pressionam, tiram sua tranquilidade, obrigam-na finalmente a se levantar. Ela se dirige ao seu escritório, até o grande armário. Para diante dele, tremendo em sua camisola fina. Agacha-se e puxa a última gaveta. Está emperrada. Não foi aberta durante quase duas décadas. Ela precisa de muita força e jeito, puxando e balançando, e acaba caindo de costas no assoalho depois de conseguir finalmente vencer a luta contra a gaveta. Nela há apenas duas caixas. Dora as contempla longamente, sem conseguir resolver tocá-las, muito menos abri-las. Ela seria capaz de inventariar o seu conteúdo sem ao menos dar uma olhada. Ali dentro está a sua vida. A vida como deveria ter sido. Tudo está lá dentro. Passou, mas ainda está lá. Para sempre. Arrancada com força. Roubada. Mas jamais esquecida.

Dora está sentada no assoalho de seu escritório, tremendo nesta noite de novembro, e tem a sensação de que o mundo se transforma diante de seus olhos. Como num filme sobre a natureza em alta velocidade. Em que ninguém se surpreende como em poucos segundos nasce uma rosa maravilhosa de uma semente. Tudo permanece igual à primeira vista, mas é possível sentir a transformação no corpo inteiro. O coração bate mais rápido e de forma irregular. E não é por causa desta crise financeira. É mais uma transformação como a das mudanças climáticas. Importante. Essencial para a existência. Algo que influenciará o universo inteiro.

Dora não chora. Ela faz exercícios respiratórios. Inspirar, expirar. Pelo menos três vezes, para se acalmar.

Inspirar, expirar. Inspirar, expirar.

— Dora.

Inspirar, expirar.

— Dora!

— Estou chegando.

E Dora levanta, fechando a gaveta com o pé sem ter tocado nas duas caixas, deixa seu quarto e fecha a porta.

Ela sabe o que é preciso fazer. Está decidido.

39

Luka vê a mulher desconhecida que está entrando no saguão. Ele nunca a viu antes aqui. Seus cabelos negros são curtos, ondulados e brilhantes. Como as escamas azul-escuras da cavala, que precisa sempre em movimento para não afundar. Ela entra no saguão como se fosse dela. Parece que está num palco. Ela é alta, esguia e cheia de movimento, mesmo quando não se mexe, e ele não consegue despregar os olhos dela.

Dora entra no saguão do hotel cheia de expectativas. É o terceiro. Pois o Hotel Park está fechado. Muitos outros também. Parece que é este. Hotel Dalmacija. Um homem grande e corpulento está no bar, ao lado dele, uma bengala. Ele conversa com o rapaz do bar, enquanto este a observa. Dora não liga. Está acostumada. Ela tira seu sobretudo grosso de inverno. Seu olhar encontra o olhar do outro homem. Ele está brincando com sua bengala, e Dora pensa que ele é jovem demais para usar bengala. Ou para os cabelos brancos. De repente, sua cabeça fica turva, cheia e vazia e parecendo um balão de festas e quente e leve e trêmula e transparente. Ela para e cerra os olhos. As imagens chegam em ondas. Quase a atropelam. E não há ninguém para lhe perguntar o que aconteceu.

Luka não se mexe. Ele se apoia no balcão e para de respirar. Tem medo de que a mulher desconhecida possa desaparecer se ele descontrair os músculos e respirar. Músculos e respirar. Fixa-a até os olhos começarem a doer e lacrimejar. Nesse momento, sua lembrança se dissolve em nada e ele escorrega até o chão. Não teve sequer o tempo de contar. Desaparece lentamente. Como os números de um relatório de contabilidade cujas folhas ele solta devagarzinho.

Dora é a primeira a correr para perto do homem desmaiado. Já viu aquilo uma vez. Duas vezes, na verdade. Vivenciou tudo, e sabe o que é preciso fazer. Portanto, ela se agacha, fica minúscula. Seus olhos se expandem até seu rosto, muito pálido, consistir apenas de olhos. Sua cabeça se inclina sobre a cabeça do homem e, antes que o rapaz do bar ou a moça da recepção possam se ajoelhar do outro lado, suspendendo suas pernas, Dora beija sua boca vermelha. E não há ninguém para, horrorizado, chamá-la.

Luka escuta uma voz baixinha junto do seu rosto.

— Tu és minha bela adormecida, só minha, acorda, meu príncipe, tu és meu príncipe, só meu...

Aos poucos outras vozes e palavras chegam ao seu ouvido e, confuso e fraco, ele abre os olhos e...

... ela vê seus olhos que se abrem lentamente, seu olhar confuso, os lábios que se movem sem emitir som...

... mas ele não consegue dizer nada, portanto, dá um meio sorriso e...

... ela também sorri e...

... tímido, ele ergue seu braço e sua mão alcança seu rosto e ele toca seu cabelo curto e negro no qual agora também descobre alguns fios prateados e...

... ela volta a sussurrar, bem baixinho, tão baixinho que apenas sua boca se move: Você é o meu príncipe.

*

— Você chegou.

   — Sim.

   — Eu te chamei.

   — Eu sei.

   — Você me escutou.

   — Sim.

   — Eu te amo.

   — E eu estou casada.

40

— Mal consigo acreditar.

— No quê?

— Que eu esteja aqui.

— Por quê?

— Depois de tantos anos.

— É bom.

— É como voltar a dormir na própria cama depois de uma longa viagem.

— Eu sei.

— É como redescobrir um sabor da infância.

— Um pirulito redondo branco.

— Com uma figura no meio.

— E uma faixa colorida.

Uma enxurrada de recordações. Um pequeno quarto de hotel no calor do verão. Pinheiros que oferecem sua sombra salvadora. Luz em excesso. Quando se tem segredos. Quando não se quer ser incomodado. Quando a presença de qualquer outra pessoa é um fardo. Quando se consegue lidar melhor na penumbra. Quando se consegue tocar qualquer canto do quarto a partir da cama.

— Aqui as coisas quase não mudaram.

— Você acha?

— Ainda lembro tudo de você, de como você era.

— Mas sem cabelos grisalhos e bengala.

— Como está indo?

— Os pesadelos já são mais raros.

— Bom assim.

— Sim.

— Por que está sorrindo?

— Lembrei de você, de como você era.

Uma bela jovem. Na recepção. Vestido azul-escuro colado ao corpo. Sandálias brancas sem salto. Duas malas grandes. Uma bolsa branca. Dedos cheios de anéis. Cabelos cacheados compridos. Um ar brincalhão nos olhos. Ela tenta afastá-lo. Brincos azuis e brancos. Rosto alongado. Lábios carnudos. Nariz largo. Olhos grandes e escuros. Mãos impacientes. Um relógio de pulso elegante.

— Esqueci do meu trabalho.

— Quando?

— Quando você entrou no saguão.

— Quando?

— Aquela vez... Lembra?

— Não preciso me lembrar.

— Ver você é como...

— ... como um sonho.

— ... Natal.

— E Páscoa.

— E aniversário.

— E o começo da primavera.

— Tudo junto.

Seus corpos, grudados. Suados. Cansados. Famintos. Uma fome jamais saciada. Felizes. Nos lençóis molhados. A mão sobre a barriga. A unha enfiada no braço. A boca no peito. A perna em volta da coxa. Seus olhos verdes.

— Você pensou em mim?

Quantas vezes, amor, amei-te sem te ver e cega era a minha lembrança. Sem conhecer o teu olhar, sem fitar-te.

— Quase esqueci...

— O quê?

— Neruda.

— Eu imaginei.

— O quê?

— A vida com você.

— ...

— Para sempre.

— Então?

— Era cheia de milagres.

O minúsculo quarto de hotel. Como um mundo inteiro. Como uma vida inteira. Sem limites. Sem fim. Infinito. Como as profundezas dos oceanos. Inexplorado. Misterioso. Amedrontador. Irresistível. Fascinante. Como a quantidade de estrelas. Desconhecida. Misteriosa. Indestrutível. Imortal.

— Como vai a sua filha?

— São duas.

— Parabéns.

— Obrigado.

— Eu é que agradeço.

— Por quê?

— Por nada.

— Por quê?

— Esqueça.

— Não quero esquecer.

— Bem, se preferir...

— Você tem filhos?

— Um filho.

— De que idade?

— Dezessete.

— Dezessete?

— Sim.

— Eu me pergunto se...

— O quê?

— Um filho, então?

— Sim.

— Eu...

... amo só a ti e sempre a ti por toda a minha vida tu és o ar que respiro a batida do meu coração és infinita dentro de mim és o mar que vejo colocaste na minha rede os peixes que pego tu és o meu dia e a minha noite e o asfalto sob os meus sapatos e a gravata no meu pescoço e a pele no meu corpo e os ossos sob a minha pele e o meu barco e minha refeição e o meu vinho e os meus amigos e o café matinal e a mulher no meu coração e minha mulher minha mulher minha mulher...

— Vou embora agora.

— Não, por favor.

— Por que não?

— Não pode.

— O quê?

— Chegar e ir embora.

— Não tenho escolha.

— Sempre há uma escolha.

— É logo você quem diz.

— Fui fraco.

— Sim, você foi fraco.

— Nunca consegui superar.

— Azar o seu.

— Nunca deixei de te amar.

— Acredito.

— Quero que você fique.

— Tarde demais.

— *Quem jamais amou como nós?*

Era uma vez um pequeno hotel à beira-mar que os pinheiros protegiam dos ventos gelados do norte. Até no inverno, o muro ao sul tinha aquele gosto de sal e calor. Grandes janelas e portas de varandas refletiam as ondas. O mar, como um céu estrelado noturno, abraçava a pequena praia de cascalho diante do hotel. Onde tudo começou. Se ainda não estiverem mortos, ainda moram lá. Onde tudo deveria terminar.

— Olhe as nuvens!

— Lembra?

— E você?

41

Então, eles contemplam as nuvens por um breve momento no jardim de inverno, colocando algo como um ponto final em suas recordações. E construindo uma ponte para o presente.

— Um veleiro na tormenta, à esquerda.

— Sim, as velas estão cheias de vento.

— Isso mesmo. — Dora olha para Luka, admirada.

— É a primeira vez que estamos de acordo! Isso é possível?

— Claro, você finalmente se tornou adulto.

Eles estão sentados em confortáveis poltronas de vime. Luka segura a mão de Dora. Até este momento, nada mais importa. A felicidade com sua presença ainda é acachapante demais para poder ofuscar todo o resto.

— Nunca fiz essa brincadeira com outra pessoa.

A voz de Luka soa um pouco sonhadora, orgulhosa até.

— Eu, sim. Com o meu filho.

Dora evita o seu olhar, mas ele não deixa.

— Fale dele para mim.

— Por quê? O que você gostaria de saber?

— Tudo.

Finalmente, Dora olha para ele e Luka já sabe o que quer saber. Ele sorri para ela e aperta a sua mão, como se quisesse dizer:

— Venha, me conte tudo, tenho um direito, você sabe.

Dora contorce a boca, como se tivesse sido vencida.

— Ele se chama Nikola, tem 17 anos, quer pesquisar os mares e há pouco tempo descobrimos seu talento de artista.

A cada palavra que diz sobre o filho, o rosto dela fica um pouco mais radiante.

— Isso tudo soa maravilhosamente bem.

— Ele é maravilhoso.

— E o que faz o pai dele?

— Está vivo.

Curta e grossa. Não há mais o que dizer, pensa Dora.

— Interessante. Bom para ele.

— É possível.

— Quando foi que ele nasceu?

— Ele tem 17 anos. Você sabe fazer contas?

— Quero dizer, em que dia? Quando é o aniversário dele?

— Por quê?

Cuidadosamente, quase um pouco agressiva.

— Por nada.

Dora se sente acuada.

— No dia 5 de novembro — sussurra.

Luka silencia. Talvez esteja fazendo contas. Em seguida, respira fundo.

— Entendo.

O rosto dele fica radiante e ele sorri, satisfeito.

Dora não diz nada. Não há o que dizer.

— Quero conhecê-lo.

Pronto. O momento que ela sempre temeu.

Mas por que ela está tão feliz, como que liberta?

Dora e Luka vão passear. Pela praia. Até o farol. Depois, até o rochedo. Mas eles ficam em cima, sentam-se numa pedra. Luka põe um braço em torno de Dora. Venta, faz frio e inúmeras nuvens passam pelo céu. O mar ficou selvagem. Chia, bufa, esguicha, joga-se para os lados, como um monstro preso. E enquanto eles observam fascinados esse jogo, essa luta, Luka conta a história de sua segunda filha, Maja, como foi gerada e como veio ao mundo, só um dia depois do seu filho, e de como ficou gravemente doente, o que faz Dora chorar. E ele fala de sua filha mais velha Katja, que nem era sua filha, e sim o resultado de uma escorregadela, como Klara disse, do tempo em que Luka esteve em Paris e ela ficou desesperada. Ela contou tudo isso para Ana, que lhe cobrou explicações, claro, assim é Ana, pois Luka não cobrou explicações, nem antes, nem depois, nunca mais. Mas ele conhece o homem, costumava jogar polo aquático com ele, e ele doou um rim para a sua filha e Katja sarou, agora pode novamente cuidar de suas duas filhas — é uma ótima mãe, uma mulher maravilhosa, realizou seu sonho de ser esposa e mãe, maravilhosa, e, mais uma vez, Dora vai às lágrimas. E quando ele fala de sua breve trajetória de soldado, de seu ferimento e de como Dora o salvou, chora mais uma vez, pois ela se lembra do ferimento e do medo que lhe roubou a respiração. E, no final, ele lhe fala do dia que passou no porão, dos quadros que fez de lá para cá, da decisão de encontrar Dora, de passar sua vida com ela, e então Dora chora mais ainda, pois foi por isso que ela esperou a vida inteira, e agora é tarde demais.

— Você sabe o que é essa história toda?

— Um quadro surrealista de terror? Dalí ao extremo?

— A história das inúmeras gravidezes que transformam o mundo.

Silêncio. Como se fosse ouro. E uma gargalhada cheia de lágrimas.

— E agora?

— Vamos sair daqui.

Dora seca as lágrimas e balança a cabeça.

— Não dá. Sou casada.

— Mas você me ama?

— Sim, eu te amo.

— Então, por que você se casou com ele?

Luka nem percebe como sua indignação é inapropriada.

— Ele estava à mão. Ele gosta de Nikola. Nikola gosta dele. Ele é bom comigo e Nikola não queria que eu ficasse só quando ele fosse conhecer os mares do mundo.

Pausa.

— E às vezes eu também precisava de alguém.

Dora sussurra como se estivesse com vergonha.

— Há quanto tempo vocês estão casados?

A indignação se transforma aos poucos em desespero.

— Três anos.

— O que ele faz?

— É diretor de teatro. Dirigiu seis das minhas peças.

— Mas não é o tal Frédéric!

Luka fica irritado. Levanta-se e vira de costas para ela, fica de frente para o mar agitado. Que vento sul maluco que pensa que é um furacão!

— Claro que não! Ele se chama Roger.

— Roger! Que nome é esse!

Luka tenta competir com a massa de água salgada e barulhenta.

— Eu o odeio! Por Deus, eu o odeio!

Dora deixa que ele solte sua raiva, sua decepção e seu desamparo. Ela também tenta organizar sua própria cabeça. Tudo está confuso.

— Onde está ele? Ele sabe que você está aqui comigo?

— Ele e Nikola estão em Split. Eu os deixei com um ator amigo que conheci no Festival de Avignon. Eu disse: "Vamos visitar o bom Zlatko!" E não, ele não sabe nada de você, não sabe que estou aqui com você. Mais uma vez, eu tive uma intuição, precisava te ver, era como se você tivesse me chamado...

Dora treme de frio e emoção e do jogo cruel do destino. Fragmentos de conversas que ela teve na sua vida com diferentes pessoas sobre Luka e ela passam pela sua cabeça. Ela fica tonta. Muitas palavras. Ela sente o vento nos seus pensamentos.

— Eu quero você e o meu filho, eu quero tudo, finalmente, tenho direito, esperei tanto tempo que nem esperava mais... — Luka começa a contar. Dora se levanta rápido e o abraça. Assim ficam ali. Como dois personagens trágicos de Shakespeare. Como duas crianças perdidas diante de um cenário de uma natureza esmagadora.

— O que vamos fazer agora?

— Vamos sair daqui?

Agradecimentos

Agradeço de todo o coração a:

Daša Dragnić pelo seu apoio ilimitado e sua fé inabalável em mim;

Martin Hielscher pela sua amizade generosa;

Kristina Grasse por todos os telefonemas encorajadores e e-mails confiantes;

Karin Ertl, Kornelia Helfmann e Michael Kleinherne pelos seus rígidos questionamentos;

Valérie Schüttler e Manfred Gehrmann, meus primeiros leitores;

Oliver Brauer, pelo seu entusiasmo, e Marion Kohler e Britta Claus, que se deixaram contaminar por ele;

Gregor, que fica feliz comigo e por mim;

e a meu Leon, por existir.

Este livro foi composto na tipologia Minion Pro
Regular, em corpo 11/15, e impresso em papel
off-white no Sistema Cameron da Divisão
Gráfica da Distribuidora Record.